KB261872

샤꾼딸라

깔리따사 지음 박경숙 옮김

지식산업사

샤꾼딸라

초판 1쇄 인쇄 2002. 5. 23
초판 1쇄 발행 2002. 5. 25

옮긴이   박경숙
펴낸이   김경희
펴낸곳   (주)지식산업사
         서울시 종로구 통의동 35-18
         전화(02)734-1978(대) 팩스(02)720-7900
         홈페이지 www.jisik.co.kr
         e-mail   jsp@jisik.co.kr
                  jisikco@chollian.net

등록번호 1-363
등록날짜 1969. 5. 8

책값 9,000원

ⓒ 박경숙, 2002
 ISBN 89-423-7554-5 02890

이 책을 읽고 옮긴이에게 문의하고자 하는 이는
지식산업사 e-mail로 연락 바랍니다.

역자의 말

내가 샤꾼딸라에 대한 이야기를 처음 접한 것은 8년 전의 일이다. 싼쓰끄리뜨 기본 문법 공부를 막 마치고 적당히 읽을 만한 책이 없을까 하여 여러 선생님들께 물었었다. 모두 한결같은 대답이셨다. 주저 없이, 꿈꾸는 듯한 표정으로 '《샤꾼딸라》를 읽어야 싼쓰끄리뜨 문학의 진미를 맛보는 것이라'고들 하셨다. 그리고 한 줄 한줄 더듬거리며 빠따스까르 선생의 도움으로 이 책을 읽었다. 책을 읽으면서 선생은 눈을 꿈벅거리며 쏟아질 듯한 눈물을 감추기도 하고 목이 잠기기도 했다. 그러나 웬일인지 그때 난 그 분의 감정이 그대로 느껴지지 않았었다. 구구절절 설명을 들어야만 이해가 가능한 비유법에 문화적 차이를 느꼈거나 지나치게 순수한 샤꾼딸라의 감성에 선뜻 다가갈 수 없는 묘한 질투였는지도 모른다. 물론 번역은 꿈도 못 꾸었다.

그리고 몇 년이 더 흘렀다.

십 년을 지내는 동안 인도는 서서히 내게 스며들어 이제 반은 인도 사람이 되었고 인도의 정서와 문화, 문화적 배경과 문학을 그들 못지않게 이해하게 되었다고 생각하면서 《샤꾼딸라》를 다시 펴 들었다. 책은 완전히 달라져 있었다. 문화적 차이에서 오는 어색함을 느낄 수 없었다. 샤꾼딸라가 두샨따를 애타게 기다리는 장면에서도, 양아버지 깐와가 샤꾼딸라를 보내며 읊조리는 시를 읽으면서도, 두샨따가 샤꾼딸라를 기억하지 못하고 매정하게 내쫓는 장면에서도 가슴이 먹먹해지고 감동이 전해져왔다. 깔리다사의 섬세한 감정처리나 유려한 묘사력에 대한 감상은 내 개인적인 것일지도 모른다.

우리 글로 옮기고 싶은 욕심이 생겼다.

그간 싼쓰끄리뜨 작품들이 더러 번역되어 나오기는 했지만 주로 《우빠니샤드》나 《바가와드 기따》, 혹은 《마누 스므르띠》, 《르그웨다》 등 웨다나 철학서적에 집중되어 있어서 우리나라 독자들이 싼쓰끄리뜨 문학을 감상할 만한 기회는 거의 없었다고 할 수 있다. 다른 나라 사람들을 이해하고 그들과 정서적 교감을 느끼는 것은 문학을 통하는 방법이 가장 빠른 길일 것이다.

그러나 시대와 세대와 문화적 배경이 모두 다른 1500년 전의 생소한 글을 옮기는 것은 쉬운 작업이 아니었다. 이래저래 고민하다 결국 원문에 충실한 직역을 하기로 했다. 어줍잖게 요즘 글 맛에 맞게 고치는 것은 나이든 노인을 유행에 따라 염색시키고 짧은 치마 입히는 꼴이 되지 않을까 하는 염려도 있었지만, 처음 선보이는 작품인지라 조금 어색하더라도 원전에 충실한 것이 가장 싼쓰끄리뜨 문학의 맛을 느끼기에 적합하다고 생각했기 때문이다.

옮기면서 아쉬웠던 것은, 영어보다는 우리말로 표현하는 것이 훨씬 부드럽고 본래의 뜻에 가까운 경우가 많았는데도 싼쓰끄리뜨 특유의 운율과 장단, 풍부한 어휘를 그대로 다 전달할 수 없었다는 점이다. 어쩔 수 없는 언어와 문화의 벽이었다.

끝으로, 어려운 사정에도 출판을 결심해 주신 지식산업사에 감사드린다.

2001, 1월

인도 뿌나에서 박 경숙

차 례

깔리다사 대하여

옛 인도인들이 개인 신상에 관한 기록을 남기는 예는 매우 드물었다. 그래서 그들에 관한 이야기는 대개 신빙성이 없으며, 유명한 사람의 경우, 그 기록은 더욱 종잡을 수가 없다. 유명해지면 우러르고, 우러르다보면 신화적 인물로 만들어버리니, 갈래 없는 이야기만 무성할 뿐이다.

깔리다사라고 다를 리 없다. 어느 시대, 어디 사람인지, 심지어 어떤 책을 썼는지도—싼쓰끄리뜨 문학사에 같은 이름의 작가가 많고, 숱한 작품들을 이 깔리다사가 썼다고 되어 있기 때문이다—명확하게는 알 수 없다. 그러나 싼쓰끄리뜨 문학에 관한 논문 가운데 거의 절반은 그에 관한 것이라고 할 만큼 연구 논문들이 많아 그에 관해 짐작하는 것은 그리 어려운 일은 아니다. 그들 논문이 공통적으로 도달한 결론은 대강 이러하다 (물론 이것은 그의 것이 확실시되는 책에서 뽑아 모은 자료

나, 후대의 시인들이 그에 대해 언급해 놓은 책들을 이리저리 재 보고 뜯어 맞추어 추정한 것들이다).

그는 짠드라굽따(Candragupta, 413 ~ 455) 2세 때의 인물로 추정된다. 그의 희곡 〈위끄라모르와쉬야〉로 보아서 위끄라마디띠야(Vikramāditya, 태양이 내딛는 발걸음)라는 별호를 가진 왕, 즉 짠드라굽따 2세의 지지를 받으며 왕실에서 작품 활동을 한 것으로 보이기 때문이다.

힌두 성지 우자이니(Ujjayini)가 그의 작품에 가장 많이 등장하며, 그에 대한 묘사 또한 가장 생생하고 섬세한 것으로 보아 우자이니 출신이거나, 적어도 그 곳에서 오래 살았던 것으로 보인다.

우자이니에 대한 묘사 이외에도 싼쓰끄리뜨 문학사를 통틀어 그는 섬세한 묘사와 감성, 방대한 지식 등으로 인해 가장 뛰어난 작가로 평가된다. 작품의 소재나 주제는 다른 작가들과 마찬가지로 평이하고 밋밋하나, 뛰어난 관찰력과 그에 대한 절묘한 묘사가 뛰어나다. 자연을 대하는 따뜻한 눈은 자연과 인간을 하나로 만들고, 자연과 인간, 인간과 신의 교감으로 그의 시를 살아 숨쉬게 한다.

자연에 대한 섬세한 관찰이나 인간의 감정을 꿰뚫는 통찰력은 그가 타고난 천재 시인인 것처럼 보이게 하지만, 그의 작품을 통해 나타나는 웨다와 뿌라나 문학(인도의 옛 이야기), 웨단따 철학에 대한 지식은 그가 공부하는 시인이었던 것을 입증해 주기도 한다.

그는 또 위대한 방랑객으로 유명하다

그의 시 《메가두따(Meghadūta)》 등에서 보이는 것처럼 그는 인도 전역을 두루 여행하며 생생하고 정확하게 그 지역의 자연과 문화, 풍습 등을 묘사한다. 10여 년 전에 깔리다사의 열렬한 팬이 《메가두따》에 나오는 지역을 헬리콥터를 타고 현장 답사했다는데, 오늘날에도 그의 시에서 묘사된 바와 별로 다르지 않았다 한다.

그는 쉬와 신의 신봉자로 보인다. 그의 대부분 작품은 쉬와에 대한 기도로 시작되기 때문이다.

그가 썼다고 단정적으로 말할 수 있는 작품으로는 아래와 같다.

두 개의 서사시, 라구 왕가(王家)의 역사를 노래한 〈라구왕샤(Raghuvaṃśa)〉와 쉬와의 아들로 전쟁의 신 스깐다(Skanda)의 탄생을 읊은 〈꾸마라삼바와(Kumārasam-bhava)〉, 세 개의 드라마, 〈아비즈냐나 샤꾼딸라(Abhijñanā Śakuntalā)〉, 뿌루라와스(Pururavas) 왕과 요정 우르와쉬(Urvaśi)의 사랑 이야기인 〈위끄라모르와쉬야(Vikramorva-śiya)〉, 아그니미뜨라 왕과 아름다운 여인 말라위까의 사랑 이야기 〈말라위까아그니미뜨라(Mālavikāgnimitra)〉, 두 개의 서정시, 구름을 통해 아내에게 소식을 전하는

《메가두따(Meghadūta)》와 계절을 노래한 〈르뚜상하라
(Ṛtusaṃhara)〉.

샤꾼딸라에 대하여

샨쓰끄리뜨로 작품 활동을 했던 작가들 가운데 가장 뛰어난 이는 단연 깔리다사이며, 《샤꾼딸라》는 깔리다사가 썼던 작품들 가운데 가장 돋보이는 작품으로, 샨쓰끄리뜨 문학의 꽃이라 할 수 있다.

샤꾼딸라의 원제(原題)는 '샤꾼딸라를 알아보는 증표'라는 뜻의 《아비즈냐나샤꾼딸라(Abhijñānaśākuntalā)》이다. 그런데 《샤꾼딸라》라는 제목으로 1789년 윌리암 존스가 영어로 번역했고, 그것을 1791년에 게오르그 포르스터가 다시 독일어로 번역하여 유럽, 특히 괴테를 비롯한 독일의 지성을 크게 움직였던 것이 계기가 되어 《샤꾼딸라》라는 이름이 더 알려지게 되었다.

〈샤꾼딸라〉는 원래 인도의 대 서사시 《마하바라따》에 있는 밋밋한 이야기였다. 이것을 깔리다사가 극으로 바꾸어 살을 더 붙이고 재구성하여 불멸의 문학으로 만들어 놓은 것이다.

요정의 딸이면서 성자 깐와의 양녀인 샤꾼딸라와 두샨따 왕과의 사랑 이야기인 〈아비즈냐나샤꾼딸라〉는 7막으로 된 희곡이다. 이 희곡에는 인간과 신, 자연과 인간의 경계가 없어 인간은 자연 속에 스며들어 있으며, 신은 위대한 인간을 흠모하고 질투한다. 주인공들의 사랑은 더없이 맑고 깨끗하다. 깔리다사는 섬세한 감정과 자연에 대한 따뜻한 눈으로, 자연과 다르지 않은 아름다운 숲 속 처녀 샤꾼딸라와, 군주이되 겸손한 왕 두샨따의 이야기를 수채화처럼 그리고 있다.

샤꾼딸라

나오는 사람들

남자

연출자(수뜨라다라) : 끈(수뜨라)을 쥐고 있는 사람(다라)
이라는 뜻으로 극을 이끌어 가는 사람이다. 서막
에서 축원을 내릴 자격이 있는 브라만 계급 출신
이며 연극이 시작되기 전, 극의 전체 내용을 간결
하게 소개하고 관객의 긴장을 풀어 주는 역할을
한다.

두샨따 : 남자 주인공. 뿌루 왕가의 후예로 하스띠나뿌
라를 다스리는 왕. 깐와 성자의 아쉬람 숲으로 사
냥 나왔다가 성자의 딸, 샤꾼딸라를 보고 첫눈에
사랑을 느끼게 된다.

마 부 : 두샨따의 마부.

장　군(바드라세나) : 두샨따와 함께 사냥 나왔던 군대
　　　의 장군.
위두샤까(마이뜨레야 혹은 마나와까) : 싼쓰끄리뜨 드라
　　　마에 거의 빠지지 않고 등장하는 인물로 남자 주
　　　인공과 가장 가까운 벗이다. 브라만 계급 출신으
　　　로 우스꽝스런 복장에 구부정한 허리, 늘 먹고 있
　　　는 모습, 기괴한 비유 등으로 관객을 웃겨 극의
　　　진행에 긴장하고 있는 관객들의 마음을 풀어 주
　　　는 역할을 한다. 남자 주인공이 사랑을 이루는 과
　　　정에 참여하여 오직 남자 주인공만을 위해 살아
　　　가는 듯한 인상을 풍긴다. 그는 귀족인 브라만 남
　　　자이면서도 싼쓰끄리뜨가 아닌 평민언어인 쁘라
　　　끄르뜨로 말한다.
바라따 : 두샨따와 샤꾼딸라 사이에 태어난 아들로 전
　　　제군주가 된다.
제사장(소마라따) : 왕의 스승이며 왕가의 제사를 도맡
　　　아 지낸다.
깐쭈끼(빠르와따야나) : 깐쭈끼라는 긴 옷을 입고 다닌
　　　다 하여 붙은 직함이다. 후궁 시종으로 상당한 지
　　　위이며, 늙은 브라만으로 충직하고 영리하며 일
　　　처리를 잘하는 남자로 임명한다.
문지기(라이와따까) : 왕의 시종.

음유시인(와이딸리까) : 왕을 찬양하는 두 시인.

까라바까 : 대비의 전령.

깐 와(까샤빠) : 샤꾼딸라를 맡아 기른 숲 속의 성자.

와이카나사, 샤르앙가라와, 샤라드와따, 하리따, 나라다 :
　　　숲 속 수행자들로 깐와의 제자들.

스얄라 : 왕의 처남으로 포도청을 다스린다.

쟈누까, 수짜까 : 포졸들.

디와라 : 어부. 샤꾼딸라가 잃어버린 왕의 반지를 찾아
　　　두샨따의 기억을 되살려 준다.

마딸리 : 인드라의 마부.

마리짜(까샤빠) : 위대한 성자로 세상을 창조해 냈다는
　　　10명의 쁘라자빠띠 가운데 하나. 이들의 계보는
　　　처음에는 브라흐마, 그 다음에는 마리찌, 마리찌
　　　로부터 10명의 쁘라자빠띠가 솟아나서 세상을 창
　　　조한 것으로 되어 있다.

　　여자

여배우 : 연출자의 아내로 극이 시작되기 전, 그 계절에
　　　맞는 노래 등으로 관객을 끌어들이는 역할을 한다.

샤꾼딸라 : 이 극의 여주인공으로 요정 메나까의 딸이

며, 숲 속 성자 깐와가 길러서 뒷날 두샨따 왕을
만난다. 꾸미지 않은 아름다움을 지니고 모든 생
물, 식물들에게까지 혈육의 정을 느끼는 순진무
구한 처녀이다.

아나수야, 쁘리얌와다 : 샤꾼딸라의 순수한 두 벗.

가우따미 : 나이 많고 지혜로운 여자 수행자로 샤꾼딸
라를 친딸처럼 대한다.

짜뚜리까, 빠라브르띠까, 마두까리까 : 왕의 시녀들.

웨뜨라와띠 : 여자 문지기.

야와니 : 왕의 활을 들고 다니는 시녀.

사누마띠 : 요정으로 샤꾼딸라의 어머니 메 나까의 벗
이며, 샤꾼딸라를 자식처럼 또는 벗처럼 여긴다.
왕이 샤꾼딸라를 잊고 버린 것에 대해 괴로워할
때, 왕의 동정을 살펴 샤꾼딸라에게 알려준다.

아디띠 : 닥샤야니라고도 하며, 쁘라자빠띠 가운데 하
나인 닥샤의 딸로 마리짜의 아내.

뿌루 왕가

옛 인도의 왕족을 크게 둘로 나누면 다음과 같다.

(1) 태양족 : 익슈와꾸(Ikṣvāku) ; 위와스와뜨(Vivasvat, 태
양)의 아들.

I

까꾸뜨스타(Kakutstha)

I

딜리빠(Dilipa)

I

라구(Raghu)

(2) 태음족 : 소마(Soma) ; 아뜨리(Atri, 달)의 아들.

I

부다(Budha)

I

뿌루라와스(Pururavas)

아유스(Āyus)

I

나후샤(Nahuṣa)

I

야야띠(Yayati)

I

다섯 아들 가운데 뿌루(Puru)와 야두(Yadu)가 각각 또
다른 왕가를 일으킴.

뿌루(Puru)

I

땅수(Taṃsu)

I

아닐라(Anila)

I

두샨따(Duṣyanta)

I

바라따(Bharata) : 뿌루로부터 20번째 왕으로 마하바라
    따에 의하면 바라따(Bhārata, 인도인)들의 조상이
    된다.

서막[1]

제1막

조물주의 첫 작품

제례 절차에 따라 제물을 날라다 주는 이

또한, 제사장이며 시간을 조절해 주는 거룩한 두 분

소리를 머금어 온 세상을 휘어 감는,

무릇 생명의 근원이며

그것 때문에 살아있는 것들이 숨쉬는,

쉬와[2]

그의 여덟 형상이 늘 그대를 보살펴 주시기를!

---

1) 싼쓰끄리뜨(Sanskṛt)의 모든 드라마는 관객을 위한 연출자의
   기도(아시 Āsi)나 인사(나마스끄리야 Namaskriya) 또는 이야
   기 줄거리의 암시(와스뚜니르데샤 Vastunirdeśa)로 시작된다.
   이를 난디(Nāndi, 기쁨 또는 즐거움이라는 뜻으로 이를 들은
   신이 기뻐한다 하여 붙은 이름)라 부르며, 이것이 끝나면 배
   우 (주로 여배우)를 불러 이야기를 나눈 다음 연극이 시작된
   다. 작가에 따라 기도의 대상이 되는 신이 다른데, 깔리다사
   (Kālidāsa)의 경우 대개 쉬와(Śiva)가 그 대상이다.

2) 쉬와 신은 아슈타무르띠(Aṣṭamūrti)라 하여 각각 여덟 개의 모

(기도가 끝난 뒤)

연출자 — (막 쪽을 향하여) 자, 분장이 다 끝났으면 이
    제 무대로 나오는 게 어떻겠소?

    (등장)

여배우 — 예, 서방님![3]

연출자 — 객석은 박학다식한 분들로 미어질 듯하군요.
    오늘 드디어 깔리다사의 새 작품 〈아비즈냐나샤
    꾼딸라〉를 공연하는 날이니 배우들 모두 자기가
    맡은 역에 최선을 다해 주시오.

여배우 — 서방님께서 어련히 잘 준비하셨을라구요. 관
    객의 비웃음을 사지는 않을 거예요.

연출자 — 임자, 당신이 알아두어야 할 게 있지.

    눈 높은 이 관객 만족할 때까지
    내 연출 완벽하다 여기지 않으리.
    인간의 마음 본디 잘 다독여 놔도
    선뜻 자신이 서지 않는 법이니.

습으로 몸을 나툰다. 첫 줄부터 차례로 물, 불, 제사장, 해와
달, 창공, 땅, 공기가 그 여덟 모습이다.
3) 그 당시 여자와 평민은 싼쓰끄리뜨를 사용할 수 없었으므로
대중 언어인 쁘라끄르뜨(Prakṛt)로 말하며, 처음 무대에 나오
는 여배우는 대개 연출자의 아내이다.

여배우 – 그건 그렇다 치구요. 이제 뭘 해야 되나요 서
　　방님?
연출자 – 여기 모인 관객의 귀를 즐겁게 하는 것 말고
　　또 뭐가 있겠소. 막 고개를 내민 이 신명 나는 여
　　름날을 한번 노래해 보는 것이 어떨까?
　　지금은……

　　　물에 잠기면 상쾌하고
　　　빠딸라 꽃잎에 입맞춤한 숲 바람
　　　향기로워라!
　　　짙게 드리워진 그늘 아래
　　　소르르 잠들고
　　　황혼 녘 아름다운 날들 아닌가!

여배우 – 그러지요. (노래한다)

　　　꽃술에
　　　살며시 살며시 검은 벌 입맞춤 한
　　　보드랍디 보드라운 시리샤 꽃을
　　　곱디고운 젊은 처자들
　　　저마다 저마다 귀에 걸고 있다네.

연출자 - 좋아요! 아주 멋진 노래요.

와, 임자! 당신의 고운 운율에 취해 관객들은 마치 사방에 펼쳐진 그림을 보고 있는 듯하겠구려. 그런데 이들을 기쁘게 하기 위해 우리가 하려던 극이 뭐였소?

여배우 - 서방님이 진즉 말씀하지 않으셨나요? 새 작품 〈아비즈냐나샤꾼딸라〉를 공연하기로 하셨잖아요.

연출자 - 음, 그렇지! 이제야 생각나는군. 당신의 매혹적인 선율에 쏠려 까맣게 잊고 있었지 뭐요. 바로 여기 정신없이 사슴을 쫓는 두샨따 왕처럼 말이오.

(그때 마차로 사슴을 쫓으며 손에 화살 먹인 활을 든 채 왕이 등장한다.)

마 부 - (왕과 사슴을 번갈아 보며) 천세를 누릴 이여!

검은 사슴에 한 쪽 눈
활 시위 당긴 마마께 또 한 눈 던지오니
사슴 쫓는 삐나낀이[4]
그대로 눈앞에 서 계시는 듯하옵니다.

---

4) 삐나까(Pināka) : 쉬와의 활 이름.
　삐나낀(Pinākin) : 삐나까를 든 사람, 곧 쉬와.

왕 - 오, 마부! 사슴을 쫓느라 너무 멀리 와버린 것 같
　　구나.

　　　　쫓아오는 마차 흘끗흘끗 돌아보며
　　　　쏟아지는 화살 겁먹어 목 구부린 채
　　　　꽁무니 반 넘어 앞쪽으로 들이민 자태
　　　　차라리 우아하여라.
　　　　헐떡이다 벌려진 입에선
　　　　반쯤 씹은 다르바[5] 풀 흘러나와
　　　　가는 길에 흩뿌리고
　　　　어라 어라 저것 보라!
　　　　땅을 살짝 차고 드높이 뛰어오르니
　　　　공중에 하염없이 떠 있는 듯 하여라.

　　　　(놀라며) 이건 또 웬일인고? 내 분명 이놈을 바
　　짝 뒤쫓았거늘 느닷없이 자취가 흐릿해지지 않
　　았는가?
마　부 - 폐하!
　　　　땅이 울퉁불퉁하길래 소인이 고삐를 당겨 마차
　　속도를 늦추었더니 사슴이 저렇게 멀어져 버렸

---

5) 다르바(Darbha) : 제사지낼 때 꼭 필요한 끝이 뾰쪽한 풀로
　　꾸샤(Kuśa)라고도 하며 사슴이 즐겨 먹는다.

사옵니다. 이제 고른 땅에 이르렀으니 어렵잖게
사슴을 잡을 수 있을 것이옵니다.
왕 ― 그렇다면 빨리 달리도록 하라!
마 부 ― 분부대로 하옵지요. (마차 속도를 내는 시늉으로)
천세누릴 이여! 이것 보소서! 이것 보소서!

고삐를 늦추니
앞몸 쫘악 펴고
갈기 끝 미동 없이
귀는 쫑긋 세웠으며
달리다 일으킨 먼지도
묻히지 않은 채
달리는 이 말들,
사슴 뛰는 것
더 봐줄 수 없다는 듯.

왕 ― 실로 그러하다! 지금 이 놈들은 신들의 왕 인드라
의 하리나 해신의 말 하리뜨보다도 훨씬 빠르구나!

작디작아 보이던 것들 불현듯
몸 불려 다가서고
군데군데 나 있는 틈새

이어져 있는 듯
본디 굽어진 것들마저
죽 곧아 보이며
잠시라도 내게
멀고
가까운 것 없으니
이 모두 달리는 마차 때문이라.

(막 뒤에서) 오, 오, 왕이시여! 그 사슴은 아쉬람[6]
것이니 함부로 죽여서는 아니 되오! 죽여서는 아
니 되오!

마 부 ― (귀를 기울이며 살핀다) 천세누릴 이여!
수행자들이 대왕께서 겨냥한 검은 사슴을 가로
막고 서 있사옵니다.

왕 ― (서둘러) 그렇다면 어서 고삐를 당기도록 하라!

마 부 ― 옙! (마차를 세운다)
(그러자 와이카나사와 다른 두 수행자들 등장)

와이카나사 ― (손을 높이 쳐들며) 왕이시여! 이 사슴은
아쉬람 것이오. 죽여서는 아니 되오! 죽여서는
아니 되오!

---

6) 아쉬람(Aśram) : 수행자들이 지내는 처소로서 왕도 함부로
침범할 수 없는 영역.

꽃더미 위의 불같은 가련한 사슴 몸뚱이
화살을 날려서는 아니 되오!
정말 아니 되오!
보잘것없는 사슴 목숨 비하면
비수처럼 쏟아지는 왕의 화살
인드라의 벼락이나[7] 다름없소.

그러니,
겨냥한 화살 거두시오.
왕의 무기는
약한 자들 지켜주기 위한 것이오.
무고한 생명 해치려는 것 아니오.

왕 — 거두어들이지요. (그렇게 한다)
와이카나사 — 가히 뿌루 왕가의 등불이라 할 만하오!

그대의 태어남
뿌루 왕가에 어울리는 일이오.
온 천하에 바퀴 굴릴

---

7) 인드라는 와즈라(Vajra)라는 천둥 번개를 무기 삼아 적을 물리
친다 하며, 신들의 힘을 대표하는 것으로 여긴다. 강하고 날카
로운 것을 비유할 때 늘 인드라의 벼락, 와즈라를 예로 든다.

덕 높은 아들 얻을 것이오.

다른 두 수행자 — (팔을 들어올리며) 어떤 일이 있어도
온 천하에 바퀴 굴릴 아들을 얻을 것이오!

왕 — (고개 숙여 절하며) 브라만의 축원, 고맙게 받아들
이겠소.

와이카나사 — 왕이시여! 우리는 제사지낼 나뭇가지를
주우러 여기 왔소이다. 저기 말라니 강변을 죽 따
라 보이는 곳이 성자들의 어버이 깐와의 아쉬람
이오. 다른 일에 별 지장이 없으면 들어가서 손님
접대를[8] 받으심이 어떠하오?

수행자들 별 어려움 없이
수행에 전념하고 있는 것 보시면
활시위 당겨 쌓인 상흔 얼룩진 그대 어깨
백성들을 얼마나 잘 보살피고 있는지 알 것
이오.

왕 — 아쉬람 주인은 집에 계시오?

---

8) 옛 인도인에게 손님 접대는 하나의 성스런 의식이다. 가정
에서 지켜야 할 의례집인 그르햐 수뜨라(Gṛihya Sūtra)에 보
면, 손님 접대는 꼭 지켜야 할 의식으로 정해 놓고 있다.

와이카나사 — 지금은 딸 샤꾼딸라에게 손님 접대를 맡
　　　　겨두고, 딸에게 예언된 불운을 가라앉히러 소마
　　　　띠르타에[9] 갔다오.

왕 — 그럼 따님이나 한번 보고 가지요. 내가 얼마나 성
　　　자를 흠모하는지 따님이 말해 주겠지요.

와이카나사 — 우린 이만 가보겠소.

　　　　(제자들과 함께 퇴장)

왕 — 오, 마부! 어서 말을 재촉하라.
　　　성스런 아쉬람에 들러 우리를 맑게 하자꾸나.

마　부 — 천세를 누릴 이의 분부대로 합지요. (이렇게
　　　　말하고는 다시 말에 속도를 가하는 시늉을 한다)

왕 — (주변을 살펴보며) 오, 마부! 굳이 말하지 않아도
　　　여기가 수행자들의 숲, 아쉬람이란 걸 알겠구나.

마　부 — 어찌하여 그러하옵니까?

왕 — 어찌 그대는 보지 못하누. 여기 ……

　　　나무 아래엔
　　　둥치 구멍에 사는 앵무새가 흘린
　　　야생 쌀 알갱이 흩어져 있고

---

9) 띠르타(Tīrtha) : 순례 장소 또는 성스러운 장소. 강가(Gaṅga,
　　갠지스) 강 따위를 띠르타라 부름.

여기저기 돌에 기름기 도는 걸 보면
잉구디 열매[10] 깼다는 흔적이며
사슴은 유유자적
우리의 소란함을 조용히 지켜볼 뿐
걸음걸이 흐트러지지 않고
샘으로 이어진 길은
나무껍질 옷 끝에서 흘러내린 물로
한 줄을 이루고 있지 않은가.

마 부 ─ 이제야 알겠사옵니다.
왕 ─ (조금 움직인 다음) 수행의 숲에 사는 수행자들이
　　　불편해서는 아니 된다. 마차를 멈추도록 하라.
　　　여기서 내리리라.
마 부 ─ 고삐를 당겼사옵니다. 천세를 누릴 이여, 마
　　　차에서 내리소서!
왕 ─ (내려서) 오, 마부!
　　　수행자들의 암자엔 수수한 차림으로 들어가야
　　　하느니. 자 이것들을 받아라!
　　　(이렇게 말하며 장신구와 활을 마부에게 벗어 준다)

---

10) 잉구디(Ingudi) 열매 : 숲에 사는 수행자들이 기름을 얻기 위
　　해 쓰는 열매. 수행의 열매라고도 함.

마부! 내가 암자에 사는 사람들을 만나고 오는
동안 말에게 물을 주고 쉬게 하라.

마　부 ― 옙!

　　(퇴장)

왕 ― (뒤로 돌아서 살핀다) 여기가 입구로군. 어디 들어
가 볼까?

　　(들어간다. 어떤 징조를 느끼는 시늉으로)

여기는 고적한 아쉬람의 땅
뭘 얻겠다고 팔은 이리도 떨리는고[11]
아니면,
그렇지!
일어날 일은 어디서건 일어나는 법.

　　(막 뒤에서)
여기, 여기야, 동무들아!

왕 ― (귀를 기울이며) 오른쪽 가로수쯤에서 무슨 이야
기 소리가 들리는 것 같은데 어디 한번 가볼까?

---

11) 고대 인도인들은 몸의 일부, 특히 눈과 팔이 떨리는 것을
무언가 좋거나 나쁜 일이 일어날 징조라고 생각하였다. 오른
쪽이 떨리면 남자에게는 좋은 징조, 여자에게는 나쁜 징조.
반대로 여자에게 왼쪽은 길조, 남자에겐 흉조라 믿었다.

(돌아서서 살핀다)

오호 이런! 소녀 수행자들이 한껏 물 항아리를 들고 이쪽으로 오고 있군. 나무에 물을 주려는 모양인데. (잘 살펴본 뒤)

숲 속 초막
때묻지 않은 소녀들
후궁에선 저런 청아함
얻을 수 없나니.
뜰에 핀 꽃보다
들꽃이 빼어나다 하리.

어디, 나무 그늘 속에서 잠시 더 살펴볼까? (그들을 바라보며 서 있다)

(그러자 묘사된 대로 샤꾼딸라가 동무들과 함께 등장)

샤꾼딸라 ─ 여기, 여기야, 동무들아!

아나수야 ─ 얘, 샤꾼딸라! 아무래도 까샤빠 아버지는 너보다 이 아쉬람 나무들을 더 아끼시는 모양이야. 그렇지 않으면 재스민 꽃보다 연약한 너한테 어찌 나무 웅덩이에 물을 채우라고 하셨겠니?

샤꾼딸라 ─ 꼭 아버지가 시키셔서서 하는 일은 아니야. 이 나무들에게는 형제의 정 같은 게 느껴져.

(이렇게 말하며 나무에 물 주는 시늉을 한다)

왕 – 음, 저 아가씨가 깐와의 딸인 모양이군!
　　분명 까샤빠 성자는 이것저것 잘 재지 못하는 사
　람인가 보군. 그렇지 않다면 저런 아가씨에게 아
　쉬람 일을 맡기고 갈 수가 없지.

　　　꾸밈없이 아름다운 저 소녀를
　　　고행에 어울리는 몸으로 만들려 하다니.
　　　성자는 분명 푸른 연꽃잎으로
　　　샤미나무[12] 베고 싶은 게로군.

　　어디, 나무 뒤에 슬쩍 숨어 한번 볼까?
　　(그렇게 한다)

샤꾼딸라 – 애, 아나수야! 쁘리얌와다가 나무껍질 옷
　　을 너무 꽉 쥔 것 같아 답답해. 조금만 풀어줄래?

아나수야 – 그래! (느슨하게 해 준다)

쁘리얌와다 – (웃으며) 차라리 가슴을 자꾸만 부풀게
　　하는 네 젊음을 탓하렴. 난 탓하지 마.

왕 – 그래, 확실히 나무 옷이 그 몸에 걸맞지 않지만,
　　그렇다고 그 옷이 저 처자를 꾸며주지 못하는 건

---

12) 샤미(Sami)나무 : 속에 불을 품고 있다는 나무로 크고 딱딱
한 나무. 샤미나뭇가지 두 개를 비비면 불이 일어난다.

아니군. 말인즉슨 ……

　　호수에서 태어난 연꽃
　　이끼에 싸여도
　　새초로움 가려지지 않듯,
　　얼룩점 검다 하나
　　흰빛 내는 달의 아름다움 더해 주듯,
　　나무 옷 입었으되
　　저 처자는 더욱 고와
　　아리따운 그 모습
　　꾸며주지 못할 것 없노라.

샤꾼딸라 － (앞쪽을 응시하며) 바람에 여린 잎 손가락을 살랑거리며 께사라 나무가 날 재촉하는 것 같네? 좀 돌봐주어야겠어. (돌아선다)

쁘리얌와다 － 애, 샤꾼딸라! 거기 잠시만 서 있어 봐. 네가 거기 서 있으니까 께사라 나무가 꼭 덩굴나무랑 같이 서 있는 것 같다.

샤꾼딸라 － 애는, 널 그래서 쁘리얌와다[13]라고 부르는가 봐!

---

13) 쁘리얌와다(Priyamvadā) : 말 잘하는 사람 또는 고운(쁘리얌) 말 하는 사람(와다).

왕 - 그 말도 맞긴 하지만 쁘리얌와다가 샤꾼딸라에게
　　한 말도 사실은 사실이군.
　　정말 저 처자는 ……

　　　　붉은 아랫입술은 갓 나온 어린 잎사귀
　　　　보드라운 두 팔은 여린 나뭇가지
　　　　매혹적인 젊음은 환한 꽃처럼
　　　　온 몸을 휘어 감고 있도다.

아나수야 - 애, 샤꾼딸라! 여기 네가 와나조뜨쓰나[14]
　　라고 이름지어 준 스와얌와라[15]의 망고나무 신부
　　같은 재스민이 있어. 잊어버렸니?
샤꾼딸라 - 차라리 내 자신을 잊겠다, 애.
　　(덩굴나무로 다가서며 바라본다)
　　와! 덩굴과 나무가 딱맞는 시기에 어우러져 한
　　쌍을 이루고 있네? 싱그러운 와나조뜨쓰나는 갓
　　꽃망울을 터뜨리고 있고, 망고나무는 물오른 잎

---

14) 와나조뜨쓰나(Vanajyotsna) : 숲 속의 빛이라는 뜻.
15) 스와얌와라(Svayamvara) : 공주를 시집보내기 위해 공개적
　　으로 신랑감을 뽑는 행사. 주로 왕이나 왕자들이 활 쏘기 등
　　의 경쟁을 통해 그 가운데 뛰어난 자를 공주가 직접(스와얌)
　　뽑는다(와라)해서 생긴 이름. 부처님도 야쇼다라를 스와얌
　　와라에서 얻었다고 한다.

사귀로 맘껏 즐거움을 주고 있잖아.

(이렇게 쳐다보고 서 있다)

쁘라얌와다 — 아나수야! 샤꾼딸라가 왜 저렇게 유심히 와나조뜨쓰나를 쳐다보는지 알겠니?

아나수야 — 글쎄, 잘 모르겠는데. 말해 봐!

쁘리얌와다 — 와나조뜨쓰나가 딱 어울리는 나무하고 만난 것처럼, 나도 내게 꼭 맞는 신랑을 얻었으면 하고 저러는 거지 뭐겠니?

샤꾼딸라 — 애는, 틀림없이 자기 바람을 말하는 거야.

(이렇게 말하며 물 항아리를 비운다.)

왕 — 저 처자는 정말 나와 다른 계급의 여인이 낳은 간와의 딸일까? 아니야, 의심할 것 없어.

크샤뜨리야 아내에 걸맞는 처자임이 분명해.
고결한 내 마음이 저 소녀 탐하는 걸 보면 알
수 있지.
미심쩍은 일 있을 때 도덕군자에게는,
마음 쏠림이 제일 좋은 길잡이라 하더라.

그래도 어쨌든 사실을 확인해 봐야겠군.

샤꾼딸라 — (어찌할 바를 모르며) 이걸 어째!

검은 벌이 물 뿌리는 것에 놀라서 재스민 꽃을 팽

개치고 뛰쳐나와 내 얼굴로 달려드네.
(벌에게 약이 오른 시늉을 한다)
왕 — (부러운 듯이)

　　호오, 벌아
　　실상을 찾으려 난 헛고생만 하는 도다
　　너 참 복도 많은 놈이로고.
　　어쩔 줄 몰라 눈꼬리 깜박이는
　　매혹적인 그 눈,
　　쉴새없이 어루만지고
　　비밀을 속삭이듯 귓불을 맴돌아
　　신나게 콧노래 부르는 도다.
　　팔을 내둘러대건만
　　너는 그녀의 아랫입술
　　그 환희의 샘
　　주욱 들이키누나.

샤꾼딸라 — 이 무례한 녀석이 꿈쩍도 않네. 다른 곳으
　　로 피해야겠어. 어떡해. 여기까지 막 쫓아와! 애
　　들아 날 좀 구해 줘. 이 버릇없는 검은 벌이 성가
　　시게 해.
쁘라얌와다, 아니수야 — (웃으며) 어떻게 우리가 널 구

해 줄 수 있겠니? 두샨따 왕이라도 불러 보려무
나. 이 수행자 숲은 사실 그 왕이 지켜 주고 있다
더라.

왕 – 날 드러낼 좋은 기회로군.

두려워 마시오, 두려워 마시오. (이렇게 반쯤 말하
다 혼잣말로) 왕이라는 게 알려질 것 아닌가. 그렇
지, 이렇게 얘기하면 되겠군.

샤꾼딸라 – (조금 더 움직이다가 눈길을 준다)

아이구 이걸 어째! 벌이 여기까지 쫓아오네.

왕 – (재빨리 다가서며)

무례한 놈 징벌하는 빠우라와,[16]
이 세상을 다스리거늘
순진한 소녀 수행자에게
버릇없이 구는 놈 누구인고?

(모두들 왕을 보고 조금 어리둥절해 한다)

아나수야 – 별일 아니랍니다, 손님.

벌이 성가시게 굴어 우리 동무가 놀라 그런답니

---

16) 빠우라와(Paurava) : 뿌루(Puru)족의 후예, 두샨따(Dusyanta)
   왕을 지칭.

다. (샤꾼딸라를 가리킨다)

왕 ― (샤꾼딸라를 향해) 수행하는 데 별 어려움은 없소?

(샤꾼딸라, 어찌할 바를 모르고 가만 서 있다)

아나수야 ― 오늘 특별한 손님이 오신 것 같네? 얘 샤꾼딸라! 암자에 들어가서 아르갸하고[17] 과일 좀 내와야 되지 않니? 발 씻는 물은 이 항아리 물로 대신하지 뭐.

왕 ― 아가씨들의 공손한 말만으로도 접대는 충분하오.

쁘리얌와다 ― 그러면 손님께서는 삽따빠르나 나무 그늘 시원한 자리에 앉아 잠시 피로를 풀고 계시지요.

왕 ― 그대들도 이런 일이 힘들 것 같은데?

아나수야 ― 얘 샤꾼딸라, 손님 시중드는 게 좋겠다. 여기 좀 앉자.

(모두 앉는다)

샤꾼딸라 ― (혼잣말로) 이게 어찌된 거지? 이분을 뵙고서는 수행 생활과 어긋나는 감정이 일고 있어.

왕 ― (모두를 주시하며) 같은 또래여서인가? 그대들의 우정이 보기 좋구료.

---

17) 아르갸(Arghya) : 손님 접대를 위한 여덟 가지 물건으로 보통 물, 우유, 쌀, 보리, 커드(요쿠르트), 기이(정제된 버터), 꾸샤풀(제사에 빼놓을 수 없는 성스러운 풀), 싯다르타까(흰 겨자씨)이며 학자에 따라 달라지기도 한다.

쁘리얌와다 ─ (아나수야만 듣도록) 아나수야, 누굴까, 도대체? 지적이며 고귀한 풍모에다, 감미롭고 상냥한 말투며, 위엄 있어 보이는 이분은 말야.

아나수야 ─ 사실 나도 그게 궁금해. 어디 내가 한번 여쭤볼게.

(다 듣도록) 님의 감미로운 말에 고무되어 이런 질문이 하고 싶어지네요. 님은 어느 왕족 성자[18] 가문을 빛내고 계시나요? 또 어느 나라 사람들에게 님과 헤어지는 아픔을 겪게 하나요? 어찌하여 그렇듯 고우신 몸으로 고행의 숲에 오시는 고통을 감내하시나요?

샤꾼딸라 ─ (혼잣말로) 오 심장이여! 허둥대지 마시게. 아나수야가 그대 궁금증을 풀어 주리니.

왕 ─ (혼잣말로) 자, 이제 어떤 식으로 나를 밝혀야 하는고? 어떻게 내 신분을 감추지? 옳거니, 이렇게 말하면 되겠군!

(다 들을 수 있게) 난 뿌루 왕의 명을 받아 성스런 의식을 지켜보고 종교 행사에 장애는 없는지 살펴보러 이 진리의 숲에 온 사람이오.

---

18) 원문은 라자르쉬(Rājarṣi). 끄샤뜨리야 태생의 왕으로 종교적 신념과 헌신, 초연한 생활 때문에 성자로 불리는 왕.

아나수야 - 이제 바른 법을 펴는 의식에 수호자가 생
　　　겼네!
　　　(샤꾼딸라, 사랑스럽게 수줍음 타는 시늉을 한다)
동무들 - (두 사람의 의중을 알아채고, 한 쪽으로) 얘, 샤
　　　꾼딸라! 오늘 아버지가 여기 계셨으면 좋았을 걸
　　　그랬지?
샤꾼딸라 - 그랬으면 무슨 일이 벌어지는데?
동무들 - 아버지는 이 손님에게 일생일대의 가장 소중
　　　한 것을 선물해 주실 수 있었을 텐데.
샤꾼딸라 - 그만해! 뭔가 딴 마음 먹고 하는 말 같은
　　　데, 너희들 말 안 듣겠어.
왕 - 나 또한 그대들 동무에 관한 것 좀 묻고 싶소.
동무들 - 님이 부탁하신다면 영광이지요.
왕 - 까샤빠 현인은 수행에만 전념할 뿐 세속에 전혀
　　　물들지 않은 청정한 브라만 수행자로 널리 알려
　　　져 있소. 한데 그대들의 동무가 그의 딸이라는 건
　　　또 웬 말이오?
아나수야 - 들어보시어요, 귀하신 손님.
　　　언젠가 까우쉬까라는 성을 가진 괴력의 라자르
　　　쉬가 있었답니다.
왕 - 있었소. 나 또한 들어본 적 있소.
아나수야 - 그가 바로 사랑하는 우리 동무의 근원이라

고 아시면 됩니다. 까샤빠 아버지는, 이 애가 버림받은 뒤 단지 육신을 보살펴 준 것 때문에 아버지라 부르는 거지요.

왕 — 버림받았다는 말이 호기심을 자극하는군요. 처음부터 듣고 싶소.

아나수야 — 한번은 라자르쉬가 가우따미 강변에서 고행하고 있을 때, 겁이 난 신들이 메나까라는 요정을 보내 그를 방해하려고 했지요.[19]

왕 — 신들에게는 사람들의 고행이 일종의 두려움이지요.

아나수야 — 그래서 봄이 한창 무르익었을 무렵, 그녀의 고혹적인 아름다움에 넋을 잃고 그만 ……
(이렇듯 반쯤 말하고서는 부끄러워 고개를 푹 숙인다).

왕 — 그 다음은 쉽게 짐작이 가는 일이오. 그러니 그대들 동무는 사실은 요정의 자손이구려.

아나수야 — 그렇고말고요.

왕 — 그렇게 된 거로군.

인간의 여인에게서 어찌

---

19) 인간이 모진 고행을 통해 신에 이를 수 있다 하여 인도의 신들은 늘 이를 방해한다. 인간이 신이 되는 것을 절대 원치 않기 때문이다.

저런 아름다움 태어날 수 있으리.

눈부시게 번쩍이는 번개

땅에서 솟아나진 않으리니.

(샤꾼딸라, 고개를 숙이고 서 있다)

왕 ─ (혼잣말로) 내 마음이 꿈틀거려도 될 만하군.[20] 동무들에게서 남편 운운하는 우스갯소리를 들을 때부터 내 마음이 두 가닥으로 흔들리지 않았던가.

쁘리얌와다 ─ (웃으며 샤꾼딸라를 살펴본 뒤 왕을 향해 돌아선다) 귀한 손님께서 뭔가 더 말씀하실 게 있는 듯하군요?

(샤꾼딸라, 손가락으로 동무를 가로막는다)

왕 ─ 잘 알아맞혔소, 처자! 고결한 사람의 삶에 대해 듣고 싶은 욕심 때문에 몇 가지 더 물어봐야겠소.

쁘리얌와다 ─ 주저하지 마시어요. 수행자들에게는 어떤 질문이라도 괜찮으니까요.

왕 ─ 그대 동무에 관해 알고 싶은 것은,

다른 사람에게 보낼 때까지

---

20) 카스트가 틀리면 결혼할 수 없으므로 샤꾼딸라가 같은 왕족인 크샤뜨리야임을 알게 된 것이 왕에게 기쁜 소식일 수밖에 없다.

사랑의 훼방꾼, 수행의 서약 지켜야 하는지.
아니면 눈이 닮았다는 이유로 평생을
암사슴들과 더불어 지내야 하는지.

쁘리얌와다 ― 귀하신 분이여, 비록 종교의식을 수행하
　　고는 있으나, 얘는 다른 수행자들과는 다르답니
　　다. 언제든지 어울리는 사람이 있으면 시집보낸
　　다는 것이 아버지의 뜻이랍니다.
왕 ― (혼잣말로) 내 바람이 요원한 일은 아니로군.

　　오 심장이여,
　　의혹은 사라지고
　　확신이
　　그 자리에 들어섰나니,
　　품으라 한껏 그대 희망을.
　　불이라 의심했던 것
　　만져도 좋은 보석이었으니.

샤꾼딸라 ― (짐짓 화난 체하며) 아나수야, 나 갈래.
아나수야 ― 왜 그러니?
샤꾼딸라 ― 쁘리얌와다가 쓸데없는 얘길 하고 있다고
　　가우따미님께 이를 거야.

아나수야 — 얘! 귀한 손님께 제대로 대접도 않고, 그
     냥 가버리는 법이 어디 있니?
     (샤꾼딸라, 대꾸도 없이 그냥 가버린다)
왕 — (붙잡고 싶은 마음을 억누르며 혼잣말로) 오! 내가
     갈망하는 사람, 그 심정이 몸 동작에 그대로 드
     러나 보이는군. 그렇지만,

     성자의 딸 곧장 따라가고 싶으나
     절제로 스스로를 다져온 나,
     비록 이 몸 여기 못박혀 있으나
     그녀에게 갔다 돌아옴과 무엇이 다르랴.

쁘리얌와다 — (샤꾼딸라를 막으며) 얘! 그렇게 가버리
     는 건 옳지 않아.
샤꾼딸라 — (눈살을 찌푸리며) 왜?
쁘리얌와다 — 나더러 나무에 두 번씩 물 주라고 했잖
     아. 그러니 이리 와! 다 끝나면 가도록 해!
     (이렇게 말하며 강제로 돌려 세운다)
왕 — 오, 고운 아가씨, 내가 보건대 이 아가씨는 이미
     지친 것 같소이다. 보시오.

     항아리 들어올리느라

두 어깨 추욱 늘어지고
손바닥 발갛게 물들었으며
몰아 쉰 숨에
가슴 여태 할딱이고
얼굴에 서린 땀방울
귀에 꽂힌 시리샤 꽃 건드리며
머리 묶음새 늘어져
흐트러진 치렁거리는 머릿단
한 손으로 떠받치고 있다네.

그러니 내가 대신 빚을 갚아 줌이 어떻겠소.
(이렇게 말하며 반지를 빼 주려 한다)
(반지에 새겨진 이름을 보고 둘이 서로 쳐다본다)
왕 — 달리 상상할 것 없소. 왕이 준 선물일 뿐이오. 나
　　를 왕가의 한 사람으로 알면 되오.
쁘리얌와다 — 그렇다면 그 반지를 손가락에서 빼면 안
　　되지 않나요? 얘는 귀하신 분의 말씀만으로도 빚
　　을 갚은 거나 같아요. (슬쩍 웃어 보이고는)
　　얘, 샤꾼딸라, 귀하신 분 덕택에 풀려난 거야. 아
　　니면 나랏님 덕택이라 할까? 이제 가도 좋아.
샤꾼딸라 — (혼잣말로) 나를 자제할 수 있으면 그렇게
　　하련만.

(다 들도록) 네가 뭐길래 날 오라 가라 하니?

왕 ― (샤꾼딸라를 바라보며, 혼잣말로)이 처자도 혹시 나
와 같은 맘 아닐까? 그렇다면 내 바람에 한 가닥
빛이 보이는데? 왜냐하면 ……

내가 하는 말 비록 끼여들지는 않아도
내가 말할 때면 귀 바짝 기울이고
얼굴 내게로 돌리고 서 있지는 않지만
처자의 눈길 다른 곳엔 쏠려 있지 않다네.

(막 뒤에서)
오, 오, 수행자들이여!
수행자 숲에 사는 동물들을 보호할 채비를 하시
오. 두샨따 왕이 사냥을 즐기려 가까이 왔다는 말
이 들리오.

아쉬람 나무 가지에 걸린
젖은 나무껍질 옷 위로
말발굽에 채여 튀어 오른
황혼 녘 메뚜기 떼 같은 먼지가
내려앉고 있소.
게다가

마차에 놀란 코끼리

한 쪽 엄니 어깨까지 치켜올리고

무서운 기세로 나무들 부러뜨려

발에 딸려 온 덩굴나무 더미로

칭칭 동여매어

사슴 떼 뿔뿔이 흩어지게 하고

장애의 화신인 듯,

우리 진리의 숲에 들어오고 있소.

(모두들 약간 흥분되어 귀를 기울인다)

왕 - (혼잣말로) 이런! 날 찾으러 온 사람들이 수행자
숲을 소란스럽게 하는 모양이군. 어쩔 수 없지,
돌아가 봐야겠군.

동무들 - 귀하신 분이여, 숲 속 짐승 이야기를 들으니
무서운 생각이 드는군요. 저희들이 돌아갈 수 있
도록 허락해 주시어요.

왕 - (서둘러) 어서 들어가시지요. 나 또한 아쉬람에
누가 되지 않도록 하겠소.

(모두 일어선다)

동무들 - 손님 접대를 제대로 하지 못한 터라 다시 오
시라 하기가 부끄럽습니다.

왕 - 그러지들 마시오. 아름다운 아가씨들 모습만으로

도 충분히 접대받은 셈이오.

샤꾼딸라 — 아나수야, 꾸샤 새 풀잎에 발이 찔렸어. 게
다가 내 나무껍질 옷마저 꾸라바끄 가지에 걸려
버렸지 뭐야. 이걸 떼어 낼 때까지 좀 기다려 줘!
(샤꾼딸라, 왕을 뚫어지게 쳐다보며 이렇듯 시간을 끌
다가 퇴장한다)

왕 — 성으로 돌아가고 싶은 마음이 점점 없어지는군.
수행원들과 합류해서 수행자 숲에 멀지 않은 곳
에다 진을 쳐야겠어. 샤꾼딸라 생각하는 마음 정
말로 지울 수가 없겠군. 나는……

　　바람에 나부끼는 중국 비단 깃발처럼
　　앞을 향해 가는 것은 이놈의 몸뚱이요.
　　평정 잃은 마음은
　　뒤로만 뒤로만 달려가는구나.
(모두 퇴장)

제2막

(시큰둥한 얼굴로 위두샤까 등장)

위두샤까 − (한숨을 내쉬며) 억세게 재수 없군! 이 놈의 사냥 좋아하는 왕을 벗으로 둔 덕에 피곤해 죽을 지경이여. 여긴 사슴, 저긴 멧돼지, 이건 호랑이 해 가며, 해가 중천에 떠 여름날 나무들마저 그늘을 숨겨 버리건만, 이숲 저숲 긴긴 숲 길만 헤맬 뿐이니, 제길! 마실 거라곤 나뭇잎 썩은 미적지근, 시금떫떫한 계곡물뿐이고. 아무 때나 먹고, 또 먹는 거라곤 맨날 삼지창에 구워 낸 고기뿐. 말 꽁무니 쫓아다니느라 밤에도 제대로 잠을 잘 수 없으니 뼈마디는 뻐근하고, 잡놈의 새잡이 커렁거리는 소리가 숲을 쩌렁거려 꼭두새벽이면 잠이 깨 버린단 말시.

아, 이런 고얀 것들이 여태 날 놓아 주지 않는 데다, 부스럼 위에 뾰루지 난다고 어제는 또 마마께옵서 사냥감을 쫓다 아쉬람에 들어가 만난 고행

자 딸 샤꾼딸라가 운수 사납게 우리 발목을 잡아
끈단 말여. 이제 나랏님께선 아예 성으로 돌아갈
생각도 않고, 오늘도 그 처자 생각하느라 넋 나간
사이에 새벽이 눈자위를 덮어 왔단 말시.
이걸 어쩐다지? 똥 누고 세수하는 따위의 아침
의식이 끝나면 한번 만나 봐야겠다. (돌아서서 살
핀다)
내 친애하는 벗께서 들꽃을 목에 걸고, 손엔 활과
화살을 든 야와나 여인[1] 들에 둘러싸여 이쪽으로
오고 계시는구면.
흠, 몸이 몹시 쇠약해진 것처럼 사지를 늘어뜨리
고 서 있어야지. 그럼 조금이라도 쉴 시간을 얻을
수 있겠지. (지팡이를 짚고 서 있다)
이때 묘사된 대로 왕이 시종에 둘러싸여 들어선다.

왕 ―

　　사랑하는 사람 거저 얻을 수 없으나
　　이토록 편안한 내 마음

---

1) 야와나 여인(야와니 Yavani) : 알렉산더가 인도에 왔을 때,
　 시종처럼 일했던 여인들이다. 남자보다 강하고 거칠었으며,
　 사냥할 때 왕 곁에서 왕의 활을 들고 쫓아다닌다. 남자에게
　 활을 맡길 경우 그 활을 왕에게 쏠 염려가 있어 여자를 고용
　 한 것이다. 나중에는 무슬림 여자를 지칭함.

그녀 마음 보았음이 아니랴.
사랑 비록 이루지 못하였으되
서로에게 쏠리는 마음
그 아니 환희이더냐.

(웃음 띤 채) 구애자가 자기 마음에 담은 사람 심
정을 이렇듯 멋대로 짐작하다가 놀림감되기 십
상이지.

눈은 짐짓 다른 곳 보는 체
애정 어린 눈길 내게 보냈지.
느릿느릿 노니듯 걷는 것은
풍만한 엉덩이 때문이라네.
가지 마라,
토라져서 동무들 막아섰지.
정녕, 이 모든 것
나를 빗대어 하는 말이려리.
오! 사랑에 빠진 사람은 어디서나
제 모습만 보고 있음이여!

위두샤까 — (아직까지 같은 자세로) 오 벗이여, 내 사지
를 까딱도 할 수 없으니 그냥 말로만 인사를 해야

겠소.

왕 — 어디 다친 데라도 있던가?

위두샤까 — 웬걸! 이제 자기가 눈을 찔러 놓고선 왜 우
    느냐고 묻네?

왕 — 정말 모르겠는데?

위두샤까 — 오, 벗이여. 대나무가 곱사등 같은 모습을
    하고 있는 게 저 자신 때문이오, 강 물살 때문이오?

왕 — 강 물살 때문이지!

위두샤까 — 내 경우에는 벗 때문이지!

왕 — 어째서 그렇지?

위두샤까 — 왕이 할 일은 팽개쳐두고 짐승들이 우글거
    리는 곳에서 산사람처럼 사는 게 대체 옳은 일이
    우? 사실 말이지 날마다 들짐승 쫓아다니느라 사
    지 뼈마디가 흐물거려 내 몸이 아니라우. 그러니
    바라옵건대 단 하루만이라도 푹 쉬도록 날 좀 놔
    주시우.

왕 — (혼잣말로) 그리고 다음 말이 뒤따라오렸다! 당신
    마음 또한 까샤빠 딸을 생각하느라 사냥은 시들
    해졌다고 말이지.

    사슴,
    내 사모하는 사람과 더불어 살며

해맑은 눈길 전해 준

그를 향해

나는 이제 화살 겨눌 수 없다네.

위두샤까 − 마마께서 뭔가 꿍꿍이속이 있는 것처럼 보
이는데, 내 말이 무슨 산짐승 울부짖는 소리처럼
들리시우?

왕 − (웃으며) 그럴 리가 있나! 벗의 말을 겉들을 수야
없지. 그래서 잠자코 있는 게 아닌가.

위두샤까 − 그럼, 오래 오래 사시우!

(이렇게 말하곤 가려 한다)

왕 − 오, 벗이여! 잠깐만 기다리시게. 내 말 아직 안 끝
났다네.

위두샤까 − 말씀해 보시구랴.

왕 − 푹 쉬고 난 다음에 날 좀 도와줬으면 하네. 어렵
잖은 일일세.

위두샤까 − 뭐 사탕 먹을 일이라도 있수? 그럼 지금
당장 그 청을 받아들이겠소.

왕 − 뭔지는 나중에 말해 주겠네. 게 누구 없느냐?

(문지기 등장)

문지기 − (절하며) 명령만 내리소서, 폐하!

왕 − 라이와따까! 장군을 불러오라.

문지기 ― 예! (나갔다가 장군과 함께 다시 들어온다)
　　　폐하께서 명령을 내리시고자 이쪽을 보고 계십
　　　니다. 장군께서는 들어가 보시지요.
장　군 ― (왕을 주시하며) 아무리 흠을 찾으려 해도, 사
　　　냥이 마마께는 오히려 덕이 되는 것 같군. 왜냐하
　　　면 폐하께선 ……

　　　　끊임없는 활시위,
　　　　가슴엔 굳은살 박혔네.
　　　　단단한 근육 야윔을 감추고
　　　　태양빛 능히 견디어 내니
　　　　땀방울도 스며들지 못하네.
　　　　님의 풍채는 힘의 결정체
　　　　산속을 배회하는 코끼리와 같다네.

　　　(다가서며) 마마께 영광이, 영광이 함께 하소서!
　　　산 짐승의 흔적을 찾았습니다. 왜 여기 계시옵니
　　　까?
왕 ― 위두샤까가 트집을 잡아대니 사냥할 맘이 싹 가
　　　시는구나.
장　군 ― (한 쪽을 향해, 위두샤까만 듣도록) 자네는 계속
　　　트집을 잡으시게. 난 마마의 마음을 즐겁게 해 드

릴 터이니.

　(큰소리로) 이 얼뜨기가 지껄이도록 놓아두소
서! 어쨌든 마마께서는 사냥의 본보기 이옵니다.

　　몸은 가뿐, 날렵해지고
　　뱃살 빠진 허리 가늘어졌으니
　　두렵고 놀라움에
　　갈팡질팡하는 산짐승들 꼴
　　눈에 보이네.
　　움직이는 표적 쏘아 맞추는 것
　　궁수에게는 최고의 영예
　　사냥을 누가 부질없다 하리요.
　　이보다 좋은 놀이 어디 또 있으리까?

위두샤까 ─ 꼬드기지 말게. 전하께서는 이제사 원상
　복귀하셨으니. 그대나 이산 저산 헤매다가, 사람
　코 베어먹고 싶어 안달 난 늙은 곰 아귀에나 콱
　떨어져 버리게.
왕 ─ 오, 충성스런 장군!
　우리는 지금 아쉬람 근처에 진을 치고 있다. 해
　서, 그대의 말을 기꺼이 받아들일 수 없도다. 그
　러니 오늘은 ……

물소는 웅덩이 진흙 물에 잠겨
거듭거듭 뿔로 물장구치라 하고
사슴 떼는 까담바 나무 그늘에 모여 앉아
되새김질이나 하도록 하며
멧돼지는 연못에서 무리 지어 두려움 없이
무스따 풀 뜯도록 놓아두라.
팽팽하던 활시위 풀어
우리들의 활도
쉬도록 하라.

장 군 ― 폐하, 원하시는 대로 하소서!
왕 ― 그럼 먼저 간 몰이꾼들을 불러오도록 하라. 그래
　　　서 나의 군대가 수행자 숲에 아무런 방해가 되지
　　　않도록 주의하라. 보라―

고행으로 힘을 얻은 사람들
고요함에 잠겨 있으나
타오르는 불길 숨겨져 있어
다른 힘이 다가오면
마치 태양 보석과도 같아
활활 타오르는 모습
차가운 느낌으로

그 위력 보여준다네.

장　군 － 명령대로 수행하겠사옵니다, 마마!
위두샤까 － 그대 아첨은 모두 허공에 흩어져 버렸구먼.
　　　　(장군, 퇴장)
왕 － (시종들을 보며) 그대들도 사냥 옷을 벗으라.
　　　라이와따까, 그대 또한 자리로 돌아가라.
시종들 － 예-이!
　　　　(퇴장)
위두샤까 － 마지막 파리까지 쫓으셨구랴. 이제 나무가
　　　　드리워 준 그늘 밑 돌에 앉아 쉬십시다. 나도 좀
　　　　편히 쉬어야겠수.
왕 － 앞서가시게.
위두샤까 － 이리 오시우. (돌아서서 앉는다)
왕 － 마다뱌, 그대는 눈이 있어봤자 무용지물일세! 정
　　　말 보아야 될 것을 보지 못하니 말일세.
위두샤까 － 그런 말씀 마시우. 마마께서 내 앞에 있지
　　　　않소?
왕 － 누구나 자기에 속한 것은 아름다워 보이지. 그런
　　　데 난 아쉬람의 꽃, 샤꾼딸라를 일러 하는 말일세.
위두샤까 － (혼잣말로) 옳거니, 생각할 틈을 주면 안
　　　　되겠군.

(들을 수 있게) 어라! 수행자의 딸을 탐하는 것 같
　　수?
왕 – 벗이여! 뿌루족의 후예는 금지된 것에는 마음이
　　끌리지 않는다네.

　　　성자의 딸은 요정의 자손,
　　　버림받은 것 성자가 데려왔다지.
　　　나와말리까[2]꽃 흩어져
　　　아르까[3]나무에 내려앉듯이.

위두샤까 – (웃으며) 대추야자 단맛에 물린 놈이 타마
　　린드 신맛을 찾는다더니만, 마마의 열망은 보석
　　같은 후궁 여인들 즐기기가 시들해져서 그 처자
　　를 바라는 것 같구랴?
왕 – 그 처자를 보지 못했으니 그런 말을 할 수도 있
　　겠지.
위두샤까 – 마마가 감탄을 자아내는 걸 보니 매력이
　　있긴 한가 보구랴!
왕 – 일러 무상하리요!

---

2) 나와말리까(Navamālikā) : 부드럽고 연약한 꽃.
3) 아르까(Arka) : 볼품은 없으나 꽃이 떨어져도 곧바로 마르지
　　않는 나무.

조물주께옵선

그림으로 먼저 윤곽을 잡고

거기에 생명 불어넣었을까?

마음속 온갖 아름다움 뭉치

짜 맞추었을까?

창조주의 전능하심, 그리고

그 처녀의 자태

생각건대

비할 데 없는 보석을

여인의 모습으로 빚어 놓은 듯.

위두샤까 ― 정말 그렇다면, 모든 아름다운 여인들이

　　이제 설 자리를 잃은 셈이구랴!

왕 ― 이런 생각도 든다네.

아무도 향기 맡지 않은 꽃[4]

손톱으로 꺾이지 않은 새싹

구멍 안 난 보석[5]

누구도 맛보지 않은 신선한 꿀

---

4) 신에게 꽃을 바칠 때 향기를 맡지 않는 것에 비유.

5) 목걸이 따위를 만들기 위해 낸 구멍이 없는 천연 그대로의
　보석.

마르지 않는 공덕의 결실
그런 순진무구의 아름다움
신의 섭리는
뉘를 행운아로 점지하셨을까?

위두샤까 ― 그렇다면 전하께서 빨리 그 처자를 잡으시
　　구랴. 머리에 잉구디 기름 번들거리는 수행자 손
　　아귀에 떨어지기 전에 말이우!
왕 ― 그 아가씨는 혼자 결정할 수 없는 입장이라네. 아
　　버지도 지금 안 계셔.
위두샤까 ― 그럼 그 아가씨가 마마를 대할 때 그 눈에
　　어느 정도 애정이 깃들어 있습디까?
왕 ― 수행자의 딸들은 본디 태생이 수줍음을 많이 타
　　지 않던가. 허나 ……

내가 그 처자 돌아보자
내 눈길 피한 채
배시시 웃었다네
까닭이 다른 데 있긴 하였지.
절제가 몸에 배인지라
사랑의 느낌 드러내는 행동
삼갔으되

또한, 그 느낌 감추지도 않았다네.

위두샤까 – 보자마자 당신 무르팍에 올라앉을 순 없는
　　노릇이겠지요.
왕 – 또한 그 고운 아가씨는 동무들이랑 함께 떠나면
　　서 정숙하게나마 자기 느낌을 보여주었다네. 이
　　걸 보면 알 수 있지.

　　다르바[6] 풀 포기에 발을 찔렸어.
　　몇 발자욱 걷더니만
　　딱 멈추어 서버렸지.
　　날씬한 그 아가씨
　　나무껍질 옷이 가지에
　　걸리지도 않았건만,
　　풀어내는 척
　　얼굴은 나를 향한 채였지.

위두샤까 – 그렇다면, 짐 보따리 속에 주먹밥 챙겨 넣
　　으셔야겠구라.[7] 수행자 숲이 왕실 뜨락으로 변하

---

6) 꾸샤와 같은 풀.
7) 사랑의 긴 여행에 먹을 것이 필요할 거라는, 먹기 좋아하는
　　위두샤까다운 발상.

겠수.

왕 ― 벗이여! 그런데 수행자들 가운데 나를 알아보는
　　이가 몇 있다네. 그러니 아쉬람에 다시 들어갈 핑
　　계거리를 한번 찾아보시게.

위두샤까 ― 왕한테 뭐 달리 핑계거리가 있겠수? 야생
　　쌀 육 분의 일[8]을 가져오도록 하면 될 거 아니오.

왕 ― 어리석기는! 수행자들은 다른 식으로 자기 몫을
　　내고 있지 않던가. 보석 무더기보다 훨씬 값진 것
　　을 말일세. 보시게.

　　카스트 가진 이가 왕에게 바치는 것,
　　그것은 소멸해 가는 것.
　　수행자가 내게 주는 수행의 육 분의 일,
　　그것은 멸하지 않는 것.

　　(막 뒤에서)
　　오, 일이 잘 되어가는도다!

왕 ― (귀를 기울이며) 깊고 그윽한 소리인 걸 보니 수행
　　자들이 분명하군.

---

8) 그 당시의 조세, 마누법전에 따라 왕이 6분의 1, 8분의 1, 12
　　분의 1의 곡식을 거둬들일 수 있게 되어 있음. 수행자들은 야
　　생 쌀을 먹고 산다는 생각에서 한 말.

(문지기 등장)

문지기 — 마마께 영광, 영광 있으라! 젊은 성자 두 분
  이 문 밖에 와 계시옵니다.

왕 — 지체없이 들어오시라 하라!

문지기 — 지금 듭시라 하겠사옵니다. (나갔다가 어린 성
  자 두 명과 함께 다시 들어온다)

  (둘 다 왕을 주시한다)

첫째 성자 — 오, 불타는 듯하면서도 믿음직스런 풍채
  로세! 하긴 어쩌면, 이것은 성자와 별 다름없는
  왕에게는 이상할 것도 없지. 왜냐하면 ……

  누구나 거쳐 가는
  세상살이하면서[9]
  백성 또한 보살피며
  수행의 공덕 날마다 쌓아[10]
  욕망을 잠재운 그에게

---

9) 여기서는 상위 세 카스트(브라만, 크샤뜨리야, 와이샤, 그러
  나 본래 브라만에게 해당됨)가 지켜야 할 인생의 네 단계(아
  쉬라마 Aśrama), 즉 학생 시절(브라흐마짜르야 Brahmacarya),
  결혼 생활(가르하스탸 Gārhasthya), 자식을 기른 후 숲 속 생
  활(와나쁘라스타 Vānaprastha), 출가 생활(산야사 Sanyāsa)
  중 두 번째 단계인 결혼 생활을 가리킴.
10) 크샤뜨리야의 임무인 백성을 보살피는 전쟁을 통한 공덕.

하늘에 이른 숱한 짜라나[11]들
칭송하여 덧붙인 말,
라자라는 칭호 앞에 성스런 말 무니[12]

둘째 성자 ─ 고따마, 저 분이 발라를 죽인 이의[13] 벗
두샨따인가?
첫째 성자 ─ 그렇다마다.
둘째 성자 ─ 그렇다면

이상할 거 하나 없네
궁성의 문설주만큼이나
긴 팔 가진 이,
바다를 푸른 띠 삼은 이 땅
혼자서 다 지키지.

---

11) 짜라나(Carana) : 아무 곳이나 마음대로 드나들 수 있었던
천상의 음유시인들.
12) 옛날 왕들은 라자(왕)르쉬(성자) 또는 무니(성자)라자
(왕)(Muniraja)라는 칭호에 대단한 자부심을 느끼며 영광으
로 생각했다.
13) 인드라 : 그는 수많은 별호를 지니고 있다. 르그웨다(Ṛgveda)
에 보면 발라비뜨(Balabhit, 발라를 죽인 이 : 뱀의 형상으로 물
의 흐름을 가로막고 있던) 혹은 우르뜨라하(Urtraha, 우르뜨라
를 없앤 이) 등이 자주 나온다. 발라와 우르뜨라는 이름만 다
른, 같은 악마로 간주한다.

악마들과 오래 묵은

적대관계 신들이,

그의 활과 인드라의 벼락으로

전쟁을 이기려 한다지.

성자들 ― (다가서며) 대왕께 승리 있으라![14]

왕 ― (자리에서 일어서며) 성자들이여! 인사드립니다.

성자들 ― 그대에게 축복 함께 하시오.

    (이렇게 말하며 과일을 내민다)[15]

왕 ― (공손히 절하며 받는다) 분부를 받겠소이다!

성자들 ― 대왕께서 여기 계신 것을 아쉬람 사람들이

    알고 있소. 그래서 그들이 부탁하건대 ……

왕 ― 무슨 분부신지요?

성자들 ― 존엄하신 깐와 성자께서 여기 아니 계셔서,

    제사지낼 때 악마들이 괴롭힐 것이니 대왕께서

    는 마부와 더불어 며칠 더 아쉬람에 묵으면서 우

    리를 지켜 주십사 하는 거요.

왕 ― 영광이오!

---

14) 보통 성자들의 어투는 왕에게 공손하되 동격 수준의 말을
    사용. 계급은 성자들이 위이다.

15) 신, 왕, 스승, 아내, 의사, 점성술사에게 빈손으로 갈 수 없
    고, 꽃과 과일을 가지고 간다.

위두샤까 — (한 쪽에 대고) 더 바랄 나위 없겠구려.

왕 — (웃으며) 라이와따까, 마부에게 활과 화살을 마차
    에 싣고 날 데리러 오라 일러라.

문지기 — 분부대로 하지요.

    (이렇게 말하고 나서 퇴장)

둘　다 — (기뻐하며)

    선조들 본받으려 함은
    그대다운 일이오.
    뿌루의 후예들은 실로 제사 때
    곤경에 처한 이 지켜줄 것
    서약하였다지요.

왕 — (절하며) 님들이 앞서 가시지요. 나 또한 곧 뒤따
    라 가리다.

성자들 — 승리 있으라!

    (이렇게 말하고 나서 퇴장)

왕 — 마다뱌! 샤꾼딸라 모습을 한번 보고 싶지 않은가?

위두샤까 — 처음엔 안달 나도록 보고 싶었지만, 악마
    얘기를 듣고 나니 추호도 그럴 마음 없수.

왕 — 겁낼 것 없네. 그대 곁엔 늘 내가 있지 않나.

위두샤까 — 그렇다면 악마도 날 어쩌지 못하겠군.

(문지기 등장)

문지기 — 마차가 준비되었사옵니다. 마마의 승리를 위
한 행차를 기다립니다. 그리고 궁에서 대비마마
의 분부를 받고 까라바까가 와 있사옵니다.

왕 — (공손히) 어머님께서 보내셨다고 하였느냐?

문지기 — 그러하옵니다.

왕 — 어서 들라 하라!

문지기 — 예! 여기 마마가 계시오. 가까이 가 보시오.

까라바까 — 폐하께 영광! 영광!

대비마마께서 분부 내리시길, 오는 4일에 단식이
끝날 것이니, 천세 누릴 이가 함께 하면 기쁘겠다
고 하였사옵니다.[16]

왕 — 한 쪽은 수행자들 일이요, 또 한 쪽은 웃어른의
분부라. 둘 다 거스를 수 없는 일 아니던가. 어찌
해야 하는고?

위두샤까 — 뜨리샹꾸처럼[17] 공중에 떠 계시구랴.

왕 — 정말 난감하군!

---

16) 단식이 끝나는 날 사람들을 불러 향연을 벌임. 단식은 보편
화되어 있었으며 특히 제사지낼 때 행하였음.

17) 뜨리샹꾸(Triśanku) : 태양족의 왕. 세 가지(뜨리) 흉악한 죄
(샹꾸, 어버이를 화나게 하고, 제사장을 괴롭혔으며, 쇠고기
를 먹음)를 범했다 하여 붙여진 이름.
그는 너무도 자기 몸뚱이에 애착한 나머지 가족 제사장인

서로 다른 곳에서 지켜야 할 임무
내 마음은 두 가닥이라네.
바위에 부딪힌 강 물살
둘로 나뉘듯.

(생각해 보다가) 이보게 벗, 어머니께서는 그대를
아들로 여기지 않으시던가. 그러니 여기서 돌아
가 내 마음이 수행자들 일에 바쁘다 알리고, 그대
는 어머님께 마땅히 아들의 도리를 다하는 것이
옳을 것 같네.

와시쉬타(Vasiṣṭha)에게 자기 몸뚱이를 가지고 하늘에 이를
수 있도록 제사지내 주길 부탁했다. 그러나 제사장이 이를
거절하자 100명의 제사장 아들에게 다시 부탁하였다. 또 거
절당하자 그들에게 욕설을 퍼붓다 브라만에게 욕설한 죄로
불가촉 천민으로 저주받는다. 이런 상태로 떠돌다가, 이전에
자기가 호의를 베푼 적 있던 위슈와미뜨라(Viśvamitra) 제사
장을 만나 소원대로 제사지내며 신들을 초청하였다. 그러나
신들이 참석하기를 거절하자 위슈와미뜨라가 자기 힘으로
그를 하늘로 날려보낸다. 그러나 신들이 이를 용납하지 못하
고 머리를 처박아 다시 내려보내 버린다. 한편 위슈와미뜨라
의 '뜨리샹꾸, 거기 멈추어라' 는 외침을 신들이 듣고 이를 허
락한다. 그리하여 고개를 처박고 하늘에 오르지도, 땅에 내
려오지도 못한 채 공중에 별이 되어 남쪽 하늘에 떠 있다 한
다(남십자성).

위두샤까 - 분명 나를 악마나 겁내는 놈쯤으로 생각해
　　서 그러시는 건 아니시겠지요?

왕 - (웃으며) 내가 어찌 그럴 수 있겠나?

위두샤까 - 그럼, 나 왕의 동생이 행차하는 모양으로
　　가야겠소.

왕 - 수행원들을 모두 딸려 보낼 생각이네. 수행자 숲
　　에 어려움은 사실 다 없어진 셈이니.

위두샤까 - (도도하게) 그럼 지금부터는 내가 왕의 동
　　생이우?

왕 - (혼잣말로) 이 녀석은 말을 막하지 않던가. 만에
　　하나 내 바람을 후궁들에게 발설하는 날엔? 안
　　되지! 이렇게 말해야 되겠군.
　　(위두샤까의 손을 잡고, 큰소리로) 오 벗이여, 나는
　　지금 성자를 존경해서 아쉬람에 가는 걸세. 추호
　　도 수행자 딸을 탐해서 가는 게 아니라네. 보시다
　　시피

　　　　나는 어디메 있으며
　　　　사슴과 함께 자라
　　　　욕정과는 동떨어진 여인은
　　　　또 어디메 있으리.
　　　　오 벗이여

농담 삼아 지껄이는 말 아니니
있는 그대로 내 말 받아들이시게.

위두샤까 — 그렇다마다!
 (모두 퇴장)

위두샤까 — 그렇다마다!
 (모두 퇴장)

제 3막

(이때 꾸샤 풀을 손에 들고 제사장의 제자들 등장)

제 자 ─ 두샨따 왕의 위력이 정말 대단하군! 그 보배
로운 이가 아쉬람에 들어서자마자 우리 일이 순
조롭게 진행되지 않는가.

활을 겨눈다는 말 필요 없으리.
멀리서 그저 활시위만 퉁겨도
장애는 저절로 물러나리니.
활이 마치 포효하듯이.

이제 제단에 뿌릴 다르바 풀을 제사장께 가져가
야겠다.

(돌아서서 살핀 뒤, 허공에 대고) 쁘리얌와다! 누구
주려고 우시라 풀[1] 연고하고 줄기까지 달린 연꽃

---

1) 우시라(Ūsira) 풀 : 향기로운 풀 이름으로 특히 상사병에 걸
려 신음하는 사람 몸에 발라 준다.

잎을 가져가지?

(대답을 들었다는 시늉을 하며) 뭐라고? 샤꾼딸라가 심하게 더위먹고 병나서 몸을 식혀주려 한다고? 그렇다면 잘 보살펴 줘. 그 애는 아쉬람 큰 스승 깐와 님의 목숨과도 같으니까. 나도 가우따미 님한테 신성한 정화수[2]를 보낼 테니.

(퇴장)

(위슈깜바까 끝)[3]

(그러자 상사병에 걸린 듯한 왕 등장)

왕 - (한숨을 길게 내쉬며)

나는 안다네, 고행의 위력을.
그 소녀 자유로운 몸 아닌 것도 모르지 않네.
그녀 향한 내 마음 그러나 돌릴 수 없으니
어찌하리.

---

2) 항아리에 물을 담아 놓고 제사장이 찬송하면, 물이 달라진다고 생각하여 화내거나 아픈 사람에게 뿌려 줌.

3) 위슈깜바까(Viṣkambhaka) : 주인공이 아닌 조연이나 엑스트라가 혼잣말 또는 대화를 통해 이야기의 전개를 간략하게 풀어놓는 형식.

(사랑 때문에 신음하는 듯한 표정으로) 오, 꽃 무기
든 신이시여![4] 많고 많은 연인들이 속아서 그대
와 달님을 믿어 왔음이 분명하오.

　　그대의 꽃 화살도 달님의 찬 빛도
　　내게는 모두 부질없을 뿐.
　　달님은
　　안쪽 서늘한 불줄기 내리붓고
　　그대 또한
　　벼락같은 금강의 꽃 화살 쏘아대나니.
　　그것이 아니면 ……

　　마까라께뚜[5]
　　내 마음 비록 모질도록 아프게 하나
　　그를 떠받들게 될지도 모르네.
　　취한 듯 크고 긴 눈의

---

4) 사랑신. 보통 마다나(Madana) 또는 까마데와(Kamadeva)라 함.
5) 마까라께뚜(Makaraketu) : 사랑신의 별호로서 악어 깃발 신
　 이라는 뜻. 악어(마까라)처럼 한번 물면 놓치지 않는다 하
　 여, 그 상징의 깃발(께뚜)을 달고 다닌다. 또는 바다 괴물(마
　 까라)을 정복했다 하여, 그 상징으로 깃발(께뚜)을 달고 다
　 닌다고도 한다. 이 이름은 그에게 대항할 자가 없음을 뜻할
　 때 주로 쓰인다.

그 소녀로
나를 삼키려 든다면.

(비탄에 잠겨 걷는다) 일이 다 끝났으니, 제사장은
피로에 지친 내가 기분 전환할 만한 곳에 가도록
허락해 줄까?
(한숨쉬며) 사랑하는 이의 모습을 보는 것 말고,
달리 갈 만한 데가 어디 있으리. 그래, 그 처자를
잠시만이라도 보고 가자.
(해를 바라보며) 이렇게 햇빛이 몹시 따가울 때,
샤꾼딸라는 보통 동무들과 함께 말리니 강변 덩
굴나무 그늘 있는 곳에 가렸다! 그래 거기 한번
가 보자.
(돌아서서 바람의 감촉을 느끼듯이) 오, 참으로 상
쾌한 바람이 부는 곳이로군.

산들바람은 연꽃 향기 싣고
말리니 강 잔물결 물보라 뿌려주네.
안앙가[6]에 사로잡혀 불타는 이 몸으로

---

6) 안앙가(Ananga) : 사랑신의 또 다른 이름으로 몸뚱이(앙가)
   가 없음(안)을 뜻한다. 그는 빠르와띠(Parvati, 다음 생에 쉬
   와의 부인이 됨)를 위해 쉬와의 마음을 유혹하려 했기 때문

꼭 부여잡을 수 있겠네.

(돌아서서 살핀다) 샤꾼딸라가 이 부근 어디 대나무로 둘러싸인 덩굴나무 그늘에 있으렷다. 왜냐하면

나무 그늘로 오는 길목
하얀 모래가 있는 곳
앞쪽은 들리고 뒤꿈치는 푹 패인
새로 난 발자국은
풍만한 엉덩이 때문 아닌가.

나뭇가지 사이로 한번 봐야겠군. (돌아서서 그렇게 한다)
(기뻐하며) 오호, 내 눈이 불로주를 얻으셨군! 내 마음의 연인이 동무들의 시중을 받으며 꽃으로 덮인 널찍한 돌에 누워 있군. 어디, 이들의 내밀한 얘기를 한번 들어 볼까?

에, 여자에게 눈길을 두지 않고 고행만 하던 쉬와의 노여움을 사 불에 태워져 재가 되었다. 그러나 인드라의 노력과 그의 아내 라띠(Rati)의 애걸로, 몸은 없어도 마음으로 움직여 다닌다.

(그들을 바라보며 서 있다)

(그러자 샤꾼딸라가 왕의 묘사대로 등장)

동무들 － (부채질을 하며 다정하게) 얘, 샤꾼딸라! 푸른
연꽃잎 바람이 널 좀 식혀 주는 것 같니?

샤꾼딸라 － 응? 벗들이 날 부채질해 주고 있었나!

(동무들 깜짝 놀라는 듯한 몸짓으로 서로 쳐다본다)

왕 － 샤꾼딸라가 몹시 아파 보이는군.

(찬찬히 뜯어보며) 햇볕 때문에 몸이 상한 건가?

아니면 내 맘속에 있는 것과 같은 것?

(사랑스럽게 바라보며)

사랑스러워라,
가슴엔 우시라 풀 연고 바르고
하나뿐인 헐렁한 연꽃줄기 팔찌 낀
연인의 모습은.
마음의 열정과 여름날 열병은 똑같이
퍼지게 하나
처녀에게 여름날 열병의 상처라면
저렇듯 아름다울 수 없지.

쁘리얌와다 － (귓속말로) 아나수야, 그 라자르쉬를 처
음 본 뒤로 샤꾼딸라가 편치 않은 모습이야. 이렇

게 괴로워하는 게 설마 그 때문일까?

아나수야 ─ 얘, 사실 나도 마음에 짚이는 게 있어. 어
　디 내가 샤꾼딸라한테 한번 물어볼게.
　(큰소리로) 얘, 너한테 뭐 좀 물어볼 게 있어. 너
　정말 몹시 힘드니?

샤꾼딸라 ─ (자리에서 반쯤 상체를 일으키며) 무슨 말을
　하고 싶은 거니?

아나수야 ─ 얘, 샤꾼딸라, 우린 정말 사랑에 관한 일은
　아무것도 몰라. 그런데 지금 네 상태는 말로만 들
　었던 사랑에 신음하는 사람 같아 보이거든. 뭐가
　널 힘들게 하는지 얘기해 봐. 병을 정확히 모르고
　서야 어찌 치유책이 있겠니?

왕 ─ 나와 같은 의혹을 아나수야도 품기 시작했군. 내
　가 본 게 나 혼자만의 느낌은 아닌가 보군.

샤꾼딸라 ─ (혼잣말로) 내 애착이 모질긴 하지만, 그래
　도 아직 다 말할 수가 없어.

쁘리얌와다 ─ 샤꾼딸라, 아나수야가 말한 게 옳아. 왜
　네 병을 소홀히 대하니? 네 몸이 날마다 야위어
　가고 있어. 물론 아름다운 광채만은 널 떠나지 않
　고 있지만.

왕 ─ 쁘리얌와다, 말 한번 잘 한다. 왜냐하면

볼은 마르고 말라 꺼칠하고
젖가슴은 팽팽함 잃었으며
허리는 더욱 가늘어지고
어깨는 하염없이 축 내려앉아
피부는 창백하기 그지없네.
상사병에 이렇듯 아파하는
애처롭고 어여쁜 그 모습,
마다위 꽃이
잎을 시들게 하는 바람에 흔들리듯.

샤꾼딸라 — 애들아, 너희들 말고 또 누구에게 말할 수
　　있겠니. 하지만 이제 내가 너희들을 괴롭히게 될
　　거야.
아나수야, 쁘리얌와다 — 그러니 말하라는 게 아니냐.
　　고통은 좋아하는 사람끼리 나누면 참을 만해지
　　는 거야.
왕 —

　　저 처자
　　고통과 행복 함께 하는 동무들 물음에
　　마음속에 감춰진 상심의 이유
　　모른다 하지 않으리.

거듭거듭 돌아보며 내게
애타는 눈길을 보냈건만
지금 이 순간
듣고 싶은 조바심에
심장이 타 들어가는 듯하는구나.

샤꾼딸라 - 그 라자르쉬, 수행자 숲의 보호자가 내 눈
  에 비치던 그날부터 ……
  (여기서 말 을 그치고 부끄러운 듯한 표정을 짓는다)
아나수야, 쁘리얌와다 - 계속해 봐, 애.
샤꾼딸라 - 바로 그때부터 그 분을 생각하면 애가 닳
  아서 이 지경이 된 거야.
왕 - (기뻐 어쩔 줄 모르며) 들어야 할 것을 들었군.

고통의 씨앗이던 사랑의 신
그가 이제 큰 기쁨 주도다.
여름이 끝날 무렵
구름 끼어 어두운 날이
뭇 생명에게 편안함 주듯이.[7]

---

7) 인도는 여름이 지난 뒤 우기가 찾아와 더위를 식혀 준다.

샤꾼딸라 - 그래서 너희들이 괜찮다면, 내가 라자르쉬
　　에게 동정받을 수 있는 일을 해다오. 아니면, 검
　　은깨 섞은 물을[8] 내게 뿌려 다오.

왕 - 의혹이 사라지는구나.

쁘리얌와다 - (귓속말로) 아나수야, 사랑이 너무 뿌리
　　깊어 도저히 더 미룰 수가 없겠어. 애가 사랑을
　　준 사람이 뿌루족의 보석 아니겠니? 그러니 그
　　선택을 축하해 줄 만해.

아나수야 - 네 말이 맞아.

쁘리얌와다 - (큰소리로) 참 잘 선택한 것 같다. 애, 바
　　다가 없으면 큰 강물은 어디로 흘러가겠니. 꽃 활
　　짝 핀 아띠묵따 덩굴을[9] 망고나무가 아니라면 어
　　찌 견딜 수 있겠니.

왕 - 두 개의 위샤카 별이[10] 초생달을 따르는 게 이상
　　한 일이 아니지.

아나수야 - 하지만 어떻게 빠르고 비밀스럽게 벗의 소

---

8) 사람이 죽으면 10일째 되는 날, 그를 알고 있는 사람들이 물
　　과 섞은 검은깨를 영혼에게 바침으로 속세의 인연이 끊어진
　　다고 생각함.
9) 아띠묵따(Atimukta) 덩굴 : 비할 데 없이 향기롭고 아름다우
　　며 덩굴의 크기가 몹시 크고 화려한 식물.
10) 위샤카(Visakhā) 별 : 달 주위를 맴도는 두 개의 별로 힌두
　　　27별자리 가운데 16번째.

원을 이루어 줄 수 있을까?

쁘리얌와다 ─ 비밀스럽게는 생각해 볼 일이지만, 빠르
　　게라면 쉽게 할 수 있어.

아나수야 ─ 어떻게?

쁘리얌와다 ─ 사랑이 가득 담긴 눈으로 바라보는 걸
　　보면, 라자르쉬도 샤꾼딸라 때문에 애태우고 있
　　는 걸 알 수 있어. 그리고 요즘들어 잠을 못 이루
　　는지 형편없이 말라보이잖니.

왕 ─ 과연 그러하지. 보다시피

　　　팔뚝에 껴 있던 이 금팔찌
　　　밤마다 눈꼬리 타고 흘러내린
　　　속앓이 뜨거운 눈물에
　　　박혀 있던 보석 빛이 바래고
　　　활시위 당겨 생긴 못에도
　　　걸리지 않은 채
　　　팔목까지 스르르 미끄러져 내려와
　　　거듭거듭 이를 치켜올려야 하네.

쁘리얌와다 ─ (생각해 보다가) 얘, 사모의 편지를 써서
　　꽃으로 덮은 다음, 신의 쁘라사다[11]라는 핑계를
　　둘러대서 그 분 손에 보내면 좋겠어.

아나수야 - 아주 섬세하고 좋은 방법 같아. 넌 어떻게
　　　　생각하니, 샤꾼딸라?
샤꾼딸라 - 어찌 너희들의 제안을 뿌리칠 수 있겠니.
쁘리얌와다 - 그럼, 너를 소개할 만한 고상한 문장을
　　　　한번 생각해 봐.
샤꾼딸라 - 그래, 생각해 볼게. 그런데 거절당할까 봐
　　　　가슴이 두근거리는 걸.
왕 - (기뻐하며)

　　　여기 그대와 함께 하길 애태우는
　　　그가 서 있소.
　　　오, 겁쟁이 아가씨
　　　그가 외면할까 두려워하시오?
　　　락쉬미[12]를 애타게 찾아 헤매는 자,
　　　그녀를 얻을 수도 못 얻을 수도 있으리다.
　　　그러나 락쉬미가 찾아 헤매는 자
　　　어찌하여 그녀에게 이르지 못하리까.

---

11) 쁘라사다(Prasāda) : 코코넛 등을 신에게 바치고 다시 신에
　　게서 반을 받아 오는 것. 만약 가져오지 않으면 신의 사랑을
　　받지 못하고, 신이 그의 뜻을 받아들이지 않는다고 여긴다.
12) 락쉬미(Lakṣmī) : 부의 여신. 영광의 상징.

동무들 — 넌 정말 네 가치를 모르는구나. 누가 대체 자
　　기 몸을 식혀주는 가을 달빛을 옷 끝으로 막아 낸
　　다니?
샤꾼딸라 — (엷게 웃으며) 이제 나 써 볼게. (이렇게 말
　　하고 앉아서 생각한다)
왕 — 웬걸, 눈 깜박이는 것조차 잊고 연인을 바라보고
　　있었군. 왜냐하면

　　　하고픈 말 얼굴에 함께 써 넣듯이
　　　덩굴나무 같은 눈썹 치켜올리고
　　　떨리는 뺨으로
　　　나를 사랑한다 하네.

샤꾼딸라 — 노래할 주제가 떠올랐어. 애들아, 그런데
　　필기도구가 가까이 없는 걸.
쁘리얌와다 — 보드라운 앵무새 가슴팍 같은 여기 이
　　연꽃잎에다 손톱으로 새겨 편지를 쓰려무나.
샤꾼딸라 — (그렇게 하는 듯한 시늉을 한다) 애들아, 이제
　　편지가 잘 맞게 쓰여졌는지 아닌지 들어 봐 줘.
둘　다 — 귀를 바짝 세우고 있는 중이야.
샤꾼딸라 — (읽는다)

　　　당신 마음 내 모르나
　　　오, 무정한 이여
　　　사랑은 밤낮으로 내 몸을 태우나니
　　　애타게 당신만을 갈망한답니다.

왕 ― (급히 다가서며)

　　　오, 날씬한 처녀
　　　사랑신이
　　　그대를 태운다면
　　　그는 나를 하염없이 불태우고 있다오.
　　　마치, 태양이
　　　달을 향한 연꽃은 지게 하지 못해도
　　　달은 희미하게 하듯.[13]

동무들 ― (그를 보고 기뻐하며 일어선다) 지체없이 달려
　　　온 애태움의 대상, 어서 오소서.
　　　(샤꾼딸라, 일어서려 한다)
왕 ― 됐어요. 됐어요. 공연한 짓 마시오.

---

13) 샤꾼딸라는 연꽃에, 태음족의 왕인 두샨따 자신은 달에 비유.

꽃침대 누르며 신음하고
서둘러 시들은 연꽃줄기에서
향기 배인 그대 몸
형식은 필요 없는 짓이오.

아나수야 - 우리 동무가 널찍한 바위 한 쪽을 장식하
　　게 해 주소서.
　　(왕 앉는다. 샤꾼딸라 수줍어하며 서 있다)
쁘리얌와다 - 서로 사모하는 것이 틀림없군요. 님께서
　　도 내 벗을 사모한다기에 알고 있는 몇 마디 하고
　　싶사옵니다.
왕 - 아리따운 아가씨, 그 얘기를 못하게 해서는 안 되
　　겠지. 하고 싶은 말 다 못하면 후회하게 마련 아
　　니오.
쁘리얌와다 - 어려움에 처한 백성들의 고통을 해방시
　　켜 주는 것이 왕의 임무라 사료됩니다.
왕 - 더할 나위 없는 말이오.
쁘리얌와다 - 그렇다면, 사랑신이 님을 점지해 준 덕
　　에 내 벗이 이처럼 애처로운 지경에 이르렀으니,
　　자비를 베푸시어 이 애의 삶을 지켜 주소서!
샤꾼딸라 - (쁘리얌와다를 쳐다보며) 애, 왕비들을 두고
　　와 괴로워하는 라자르쉬를 성가시게 하지마.

왕 – 오, 달콤한 아가씨,
        내 마음에 새겨진 고혹적인 눈매의 그대
        그대만을 바라 온 내 마음이 다르다 여긴다면
        사랑의 화살로 한번 죽은 이 몸
        다시 한번 죽게 되리다.

아나수야 – 얘, 왕은 아내가 많다고 들었어. 그러니 우
        리 벗이 친족들에게 서러움을 당하지는 말아야
        할 텐데.
왕 – 아리따운 아가씨, 내가 뭘 더 말할 수 있으리.

        아내 비록 많다 하나
        이 왕국의 주춧돌은 오직 둘[14]
        이 땅이 바다를 옷으로 삼듯
        그대의 벗
        내 옷이 될 것이오.

아나수야, 쁘리얌와다 – 이제 됐어요.
쁘리얌와다 – (눈짓하며) 아나수야! 새끼 사슴이 어미

---

14) 아름다움과 천하를 다스릴 아들을 담고 있을 샤꾼딸라와,
    온갖 종류의 보석을 담고 있는 땅을 두 개의 주춧돌에 비유.

를 찾으려 애타게 이쪽을 보고 있어. 이리 와, 어
미를 찾아 주자.

(둘 다 나간다)

샤꾼딸라 — 애들아, 난 어떡해. 한 명은 이리 와, 제발!

아나수야, 쁘리얌와다 — 온 세상을 떠받치는 이가 네
곁에 있잖니.

(이렇게 말하며 퇴장)

샤꾼딸라 — 어떡해, 가 버렸네.

왕 — 그렇게 안절부절할 거 없어요. 그대를 달래 주려
고 이 사람이 곁에 있지 않소.

나른함 몰아내는 연꽃 큰 잎으로
촉촉한 바람 불어 주리까.
아니면
빼어난 각선미의 그대
연꽃 같은 붉은 발 내 무릎에 올려 두고
그대 마음 가라앉게 어루만져 주리까.

샤꾼딸라 — 공경해야 할 분에게 잘못을 저지를 순 없
사옵니다. (이렇게 말하며 일어서서 가려 한다)

왕 — 곱디고운 아가씨, 날은 아직 저물지 않고, 그대
몸은 여전히 그런 상태 아니오.

꽃침대 떠나
가슴에 덮인 연꽃잎 버리고서
힘겨운 그대 연약한 몸으로
이 햇볕 속을 어찌 가려 하시오.

　　　(이렇게 읊조리며 돌려 세운다)

샤꾼딸라 — 뿌루왕이여! 절도를 지키셔요. 비록 열정
　　에 사로잡혔다 하나, 내 맘대로 할 수 없는 몸이
　　어요.

왕 — 겁 많은 아가씨, 어른들을 두려워할 것 없소. 이
　　사실을 아신다 해도 신성한 법을 아시는 어르신
　　께서는 아무 탓도 하지 않으실 거요. 더욱이

　　　수없이 많은 라자르쉬 딸들이
　　　간다르와[15] 식으로 혼인하고
　　　나중에 부모에게 허락받았다고
　　　알려지고 있지 않소.

------

15) 간다르와(Gāndharva) : 그르햐 수뜨라에 보면 여덟 가지 결
　　혼 형식이 있다. 부모의 동의를 얻어 하는 결혼(브라흐마
　　Brahma, 다이와 Daiva, 아르샤 Ārsa, 쁘라자빠띠 Prājapāti),
　　부모의 동의 없이 서로 좋아서 하는 결혼(간다르와), 돈을 주
　　고 사는 결혼(아수라 Āsura), 몰래 훔쳐 오는 결혼(락샤사
　　Rākṣasa, 빠이샤짜 Paiśaca) 등이다.

샤꾼딸라 - 그럼, 먼저 저를 놓아주셔요. 동무들하고
　　상의해 봐야겠어요.

왕 - 그러시오. 놓아드리리다.

샤꾼딸라 - 언제요?

왕 -

　　　　오, 고운 사람
　　　　나 그대를 애타게 갈망했나니
　　　　누구도 건드리지 못한 보드라운 그대 꿀 입술
　　　　살며시 입맞추고 놓아드리리.
　　　　벌이 갓 핀 꽃에 내려앉듯이.

　　　　(이렇게 샤꾼딸라의 얼굴을 들어올리려 한다. 샤꾼딸
　　　　라, 피하려는 시늉을 한다)

　　　　(막 뒤에서)
짜끄라와까야,[16] 이제 그만 짝에게 작별을 고하

---

16) 짜끄라와까(Cakravāka) : 짝을 찾아 서로 밤새도록 울어대
는 새. 낮에는 같이 있으나, 밤에는 서로를 보지 못해 가까이
있으면서도 만나지 못한다. 그래서 한 마리가 울면 다른 한
마리가 또 울어, 그 지저귐이(와까) 둥근 원을(짜끄라) 그리
는 듯하다. 이 새들이 기분을 상하게 했던 성자의 저주로 인
해 밤에는 서로 헤어져야 한다. 밤이 다가오면 곧바로 서로
다른 강변으로 가 서로를 애타게 불러댄다.

거라, 밤이 다가왔나니!

샤꾼딸라 ─ (몹시 허둥대며) 오 뿌루왕이여! 내 몸 상태
가 어쩐지 알아보려고 가우따미 님이 오신 게 틀
림없어요. 어서 나뭇가지 뒤에 몸을 숨기셔요.

왕 ─ 그러지요. (이렇게 자신을 숨긴 채 서 있다)

　(이때 가우따미가 동무들과 함께 연꽃을 들고 등장)

동무들 ─ 여기, 여기예요, 가우따미 님.

가우따미 ─ (샤꾼딸라에게 다가서며) 애야, 몸은 좀 가
벼워졌느냐?

샤꾼딸라 ─ 좋아지고 있어요, 어머니.

가우따미 ─ 이 다르바 풀 담긴 물이 몸의 고통을 덜어
줄 게야. (샤꾼딸라 머리에 물을 뿌려 준다)
아가, 날이 저물었구나. 어서 오렴, 암자로 가자
꾸나.

　(이렇게 퇴장)

샤꾼딸라 ─ (혼잣말로) 오, 심장이여! 그대 열망하던
바 저절로 다가왔거늘, 어찌하여 우둔함을 버리
지 못하였느뇨? 이제 헤어지고 나서야, 어찌 후
회하며 괴로워하느뇨?

또 다른 이야기는, 라마(라마야나 Rāmayāna의 주인공)가 빰
파 호숫가에서 그의 아내 시따(Sitā)를 그리워하는데 이 새가
그를 비웃어 라마가 저주를 내렸다고도 함.

(한 발짝 움직인 뒤, 큰소리로) 내 고통을 잠재워 준
나무 그늘이여, 내 그대와 즐기려 다시 한번 초대
하노라!

왕 ─ (이전의 자리로 돌아와서 한숨을 길게 내쉰다) 아, 사
랑을 이루기에는 많은 장애가 따르는구나.

　　　겨우겨우 들어올린
　　　속눈썹 어여쁜 내 님 얼굴
　　　거듭거듭 손가락으로 꾹 누르며
　　　어깨 너머 돌린 아랫입술
　　　입맞춤 못하고
　　　들릴락말락 내뱉은 거절의 말은
　　　내 님을 더욱 아름답게 하도다.

이제 대체 어디로 가야 한담? 아니면, 내 사모하
는 여인이 즐거이 앉았다 떠난 이 덩굴나무 그늘
에 잠시 앉아 있어 볼까나?
(사방을 둘러보며)

　　　여긴
　　　널찍한 바위 위
　　　그녀 몸으로 뭉개진 꽃침대.

여긴
손톱으로 새겨 쓴 연꽃잎 구애 편지
시든 채 놓여 있네.
여긴
손에서 흘러내린 연꽃줄기 장식.
내 눈은 이렇듯 여기저기 끌려 다닐 뿐
이곳 대나무 그늘 비록 비어 있으되
바로 떠날 수 없어라.

(허공에서)
대왕이시여

저녁 제지낼 소마즙[17] 짜기가 시작되었나이다.
저녁 구름처럼 희끄무레한 고기 먹는 자들의[18]
그림자가 제단에 피워 둔 제화(祭火) 주변을
떠돌며 무서움을 일으키고 다니나이다.

왕 ─ 여기, 내가 가오!

---

17) 소마(Soma)즙 : 소마에 대해서는 여러 가지 설이 있으나,
잎이 없고 줄기가 통통한 식물이라는 것이 주된 학설이다.
신들, 특히 인드라가 즐겨 마시는 즙으로, 소마즙 바치는 제
사는 신에게 지내는 가장 큰 제사 가운데 하나이다.
18) 악마.

제4막

(꽃을 모으는 몸짓으로 샤꾼딸라의 두 동무 등장)

아나수야 ─ 애, 쁘리얌와다. 샤꾼딸라가 어울리는 남
편 만나 간다르와식 혼례를 치르고 행복해 하는
걸 보니 한숨 놓이긴 했지만, 그래도 어쩐지 좀
걱정스러워.

쁘리얌와다 ─ 무슨 말이니?

아나수야 ─ 오늘 제사가 끝나고 수행자들이 라자르쉬를
떠나 보냈잖니. 이제 성으로 돌아가 왕비들을 만나
게 될 텐데, 여기서 있었던 일을 기억할까 몰라.

쁘리얌와다 ─ 그건 믿어도 될 거야. 그런 훌륭한 분들
은 덕망에 금가는 일은 하지 않아. 난 이 이야기
를 듣고 아버지가 뭐라 하실지 그게 염려돼.

아나수야 ─ 내가 아는 한 아버지는 받아들이실 거야.

쁘리얌와다 ─ 어떻게 아니?

아나수야 ─ 어른들이 바라는 일은 덕 있는 사람한테
딸을 주는 거 아니니? 그런데 운명이 그 일을 해

냈다면, 어른들은 별 힘들이지 않고 일을 성사시
킨 거나 마찬가지야.

쁘리얌와다 － (꽃바구니를 보며) 이만하면 공양 올릴
꽃은 충분히 모아진 것 같아.

아나수야 － 그런데 우리 샤꾼딸라의 행운의 여신께도
공양을 올려야 하잖니?

쁘리얌와다 － 참 그렇구나! (이렇게 말하며 다시 일을 시
작한다)

(막 뒤에서)

이리 오너라!

아나수야 － (귀를 기울이며) 얘, 손님이 오신 것 같지
않니?

쁘리얌와다 － 암자 부근에 샤꾼딸라가 있어.

아나수야 － 그런데 오늘 마음은 가까이 있지 않을 거
야. 꽃은 이만하면 됐어.

(이렇게 말하며 퇴장)

(막 뒤에서)

흠, 길손을 무시한 너!
수행력을 자산 삼은 나 이렇듯 가까이 왔거늘
알아채지 못하니

온 마음 다해 지금 네가 생각하는 그 사람,
아무리 그를 깨우치려 해도
너를 알아보지 못하리라!
마치 술 취한 사람이 이전에 한 말
기억하지 못하듯.

쁘리얌와다 − 오, 이럴 수가! 어떻게 이럴 수가! 일어
나서는 안 될 일이 벌어지고 말았어. 마음이 딴
데 가 있는 샤꾼딸라가 받들어 모셔야 할 분을 소
홀히 하고 말았나 봐.
(앞을 주시하며) 이걸 어떡하니! 정말로 그저 그
런 사람이 아니야. 저분은 두르와사스, 쉽게 화
잘 내는 성자셔.[1] 저주를 퍼붓고는 솟구치는 감
정을 가누지 못하고 휑하니 가고 있어.

아나수야 − 불 말고 뭐가 또 태울 수 있겠니. 내가 공양
드릴 것들을 준비하고 있을 테니 지금 당장 가서
그 분에게 절하고 다시 모셔오도록 해봐.

---

1) 큰 성자가 화를 쉽게 낸다는 것이 이해하기 어려운 점이나,
대부분의 인도 문학에서 성자들은 쉽게 화를 잘 내며, 그들
의 저주가 이야기 전개에 큰 역할을 한다.

쁘리얌와다 - 알았어.

(퇴장)

아나수야 - (걷다가 비틀거려 넘어지는 시늉을 한다) 아
이구 이런! 너무 황망히 걷는 바람에 공양 올릴
꽃이 손에서 떨어져 버렸네.

(이렇게 말하며 꽃을 주워 모으는 시늉을 한다)

(쁘리얌와다 등장)

쁘리얌와다 - 본래 왜곡된 성격인데 누구의 청을 받아
들이겠니. 그래도 어쨌든 조금이나마 동정해 주
십사고 간청했어.

아나수야 - (웃으며) 그 분한테는 그나마 대단한 거야.
뭔지 말해 봐.

쁘리얌와다 - 그 분이 돌아오려고 하지 않자 내가 이
렇게 청했어. 성자시여, 고행의 위력을 잘 모르
는 자녀가 처음으로 저지른 일이니, 한 번만 잘못
을 용서하여 주소서라고 말이야.

아나수야 - 그래서 어떻게 됐어?

쁘리얌와다 - 당신이 했던 말을 헛되게 할 순 없지만,
그 사람에게 알아볼 만한 장신구를 보여 준다면
저주가 가라앉을 거라고 말하고는 사라져 버렸어.

아나수야 - 그럼 됐어. 라자르쉬가 떠나면서 자기 이
름이 새겨진 반지를 기념으로 샤꾼딸라에게 직

접 끼워 주고 갔어. 그것으로 샤꾼딸라는 자기를
알아보게 하는 증표로 쓸 수 있을 거야.

(둘 다 돌아선다)

쁘라얌와다 − (쳐다보며) 아나수야, 여기 좀 봐! 우리
사랑하는 동무가 왼손으로 턱을 고이고 그림처
럼 앉아 있어. 남편 생각하느라 저마저 보살피지
않는데, 손님은 말해 무엇하겠니?

아나수야 − 쁘리얌와다, 이 일은 우리 두 사람 입에서
만 있도록 하자. 천성이 여린 사랑하는 벗은 보호
해 줘야겠어.

쁘리얌와다 − 나와말리까 나무에 뜨거운 물을 부을 순
없지.

(퇴장)

(위슈깜바까 끝)

(이때 갓 잠에서 깬 제자 등장)

제 자 − 나들이에서 돌아오신 까샤빠 님께서 시각이
어떻게 되었는지 알아보라 하셨지? 밖에 나가 밤
이 얼마나 남았는지 봐야겠군.

(돌아서서 바라본다) 음! 새벽이로군. 왜고 하니

식물의 제왕은 [2] 한 쪽에서
서산 너머 기울어 가고
한 쪽에선 태양이
아루나를[3] 선봉으로
그 모습 드러내니
지고 뜨는 두 빛 덩어리가
변화를 거듭하며
세상을 조절해 가도다.
게다가 ―

달은 사라져
그 아름다움만 기억 속에 남기고
달빛 연꽃 이제
내게 즐거움 주지 못하도다.

---

2) 달.

3) 아루나(Aruṇa) : 아루나는 생명을 창조했던 조물주 가운데
한 명인 까샤빠(Kaśyapa)와 위나따(Vinata)의 아들로 태어났
다. 그의 어머니는 1000년 동안 알을 품고 있으라는 남편 까
샤빠의 명령을 어기고 그 전에 알을 깨 버렸다. 그리하여 아
이는 허벅지 없이 태어나서, 안우루(Anuru, 허벅지 없는 사
람)라고도 불렸다. 그는 태양의 마부가 되어 언제나 태양에
앞서 나타났다. 그의 다리는 태양이 삼켰다고도 하고(황혼),
다가오는 날의 불꽃(여명)에 잃어버렸다고도 한다.

먼 곳에 연인 둔 여인의 슬픔은
참으로 견디기 어려운 것이리.

(막을 걷어 젖히며)

아나수야 - 우리가 비록 세상사와 인연을 끊어 이런
일들을 잘 모르긴 해도 샤꾼딸라를 대하는 왕의
태도는 온당치 않은 것 같아.

제　자 - 공양 올릴 시간이 되었다고 스승님께 알려야
겠군.

(퇴장)

아나수야 - 잠은 깼는데 뭘 해야 한담? 내가 해야 할
일마저 손발을 까딱할 수가 없어. 순진한 내 동무
에게 거짓 약속한 사람을 믿게 해 놓고 사랑신은
이제 통쾌해 하시겠지. 아니면 설마 두르와사스
성자의 저주가 정말로 일을 이 지경으로 망가뜨
려 놓았을까? 그게 아니라면 어떻게 라자르쉬가
그리 말해 놓고서는 이렇게 오래도록 편지 한 장
없을까? 여기서 기억을 상기시킬 증표로 반지를
보내 볼까? 빠듯한 수행 생활에 여념 없는 어느
수행자에게라도 부탁해 볼까? 아니야, 비록 준비
된다 해도 동무에게 오히려 해가 될지 몰라.
그래, 나들이에서 돌아오신 까샤빠 아버지께 샤

끈딸라가 두샨따와 혼인해서 생명을 잉태했다고
알리는 게 낫겠어. 일이 이렇게 된 마당에 우리가
뭘 할 수 있겠어.

(쁘리얌와다 등장)

쁘리얌와다 ― (기뻐하며) 얘, 빨리빨리 서둘러! 샤꾼딸
라 떠나보낼 의식을 준비해야겠어.

아나수야 ― 무슨 말이니 얘?

쁘리얌와다 ― 잘 들어 봐. 지금 막 샤꾼딸라가 잘 잤는
지 어쨌는지 보려고 갔었거든?

아나수야 ― 그래서?

쁘리얌와다 ― 까샤빠 아버지께서 부끄러워 고개를 떨
구고 있는 샤꾼딸라를 안아 주시며 축하해 주고
계셨어.

"다행히 제사장의 눈이 연기 때문에 침침해졌어
도, 제물은 제대로 불에 떨어졌구나. 아가, 지식
이 마땅한 제자에게 전해져야 하듯, 너 또한 걱정
거리 없는 아이가 되었구나. 오늘 당장 수행자들
을 딸려 널 남편에게 보내주마"고 하셨어.

아나수야 ― 그런데 까샤빠 아버지께서는 누구한테 이
이야기를 들으셨다니?

쁘리얌와다 ― 불을 모셔둔 방에 들어가시다가 몸은 보
이지 않는 운율 섞인 목소리에게 들으셨대.

아나수야 ― (놀라워하며) 어떻게?

쁘리얌와다 ― (싼쓰끄리뜨로 말한다)[4]

> 오, 브라만이여
> 세상의 영예를 위해 그대의 딸이
> 두샨따가 심어둔 힘을 잉태하고 있음을 알라!
> 마치 샤미나무가 그 안에 불을 품고 있듯이.

아나수야 ― (쁘리얌와다를 껴안으며) 정말 잘된 일이야. 샤꾼딸라를 보낸다 하니 그리움과 기쁨이 뒤섞인 감정이야.

쁘리얌와다 ― 동무야, 우린 그리운 느낌마저 즐거워해야 해. 오직 그 불쌍한 아이가 행복해지기만을 …….

아나수야 ― 그래, 이럴 때를 대비해서 망고 나뭇가지에 걸어 둔 야자 나뭇잎 바구니 안에 오랫동안 향기를 머금는 께사라 꽃 화환을 넣어 두었어. 이제 거기에 손을 뻗쳐 봐. 난 샤꾼딸라한테 몸치장할 물건들을 챙겨봐야 겠어. 므르가로짜나[5]랑 신

---

4) 육체 없는 성스러운 목소리를 재현하느라, 여자가 사용해야 하는 쁘라끄르뜨 대신 싼쓰끄리뜨로 말한다.

5) 므르가로짜나(Mṛgarocanā) : 사슴의 응고된 담즙. 혹은 머리

성한 재, 그리고 보드라운 두르와 풀[6] 따위 말야.

쁘리얌와다 ─ 그렇게 하자.

　(아나수야 퇴장, 쁘리얌와다 꽃을 모으는 시늉을 한다)

　(막 뒤에서)

　오, 가우따미, 샤르앙가라와 님께 샤꾼딸라를 호
위하도록 해줘요.

쁘리얌와다 ─ (귀를 기울이며) 아나수야! 서둘러, 서둘
러. 하스띠나뿌라로 갈 성자들을 부르고 있어.

　(몸치장할 물건들을 손에 들고 등장)

아나수야 ─ 이리와 동무야! 가 보자. (둘 다 한 바퀴 돈다)

쁘리얌와다 ─ …… (주시하며) 저기 이른 해돋이 무렵
목욕재계한 샤꾼딸라가, 손에 야생 곡식을 들고
축원하는 여자 수행자들의 축복을 받으며 서 있
어. 가까이 가 보자. (다가간다)

　(이때 묘사된 대로 앉아 있는 샤꾼딸라 등장)

첫 번째 여자 수행자 ─ (샤꾼딸라를 향해) 애야, 네 남편
의 공경을 뜻하는 마하데위[7] 칭호를 얻으려무나!

　에서 흘러나온 액으로 의료용이나 노란 색소로 사용한다.
　6) 두르와(Dūrva) 풀 : 신성시되는 풀로 거무스름한 초록색을
　　띠고 있으며 병 치료 효과가 있다고 한다.
　7) 마하데위(Mahādevi) : 큰 왕비.

두 번째 여자 수행자 — 아가, 영웅 아들을 낳아라!

세 번째 여자 수행자 — 아가, 남편의 총애를 받으려무나!

　　(이렇게 축복을 내려 준 다음 가우따미만 남고 모두 퇴장)

동무들 — (가까이 가며) 부디 행복해야 해!

샤꾼딸라 — 어서 와, 동무들아. 여기 앉아.

동무들 — (행운의 그릇을 가지고 앉는다) 얘, 준비해. 네게 행운의 장식을 할 수 있게.

샤꾼딸라 — 이렇게 많이 위해 주다니! 앞으로는 너희들이 몸 단장해 주는 일이 없겠지? (눈물을 떨군다)

동무들 — 이렇게 기쁜 날 우는 건 좋지 않아. (눈물을 닦아 주며 치장하는 시늉을 한다)

쁘리얌와다 — 값진 장신구가 어울릴 이렇게 예쁜 애가, 아쉬람에서 구한 물건 때문에 형편없이 되어 버렸어!

　　(이때 장신구 선물을 들고 성자의 아들 둘 등장)

성자의 아들들 — 여기 장신구가 있어요. 치장하시어요 마님. (모두들 놀라 쳐다본다)

가우따미 — 아가, 이게 어디서 났니?

첫째 성자의 아들 — 까샤빠 아버지의 위력으로요.

가우따미 — 정신 위력이란 말이냐?

둘째 성자의 아들 - 그렇지 않으면요! 들어 보셔요.
　　그 분께서 샤꾼딸라 줄 꽃을 숲에서 구해 오라고
　　저희들에게 지시하셨답니다. 그런데 이때

　　　　어떤 나무에선
　　　　이런 경사스러운 일에 꼭 어울리는
　　　　달처럼 하얀 비단 옷감이
　　　　또 어떤 것에서는
　　　　발에 물들일 빨간 물감이[8] 술술
　　　　흘러나오는가 하면
　　　　다른 것에서는
　　　　숲의 신들이 손과 손목까지 치켜올리며
　　　　다투어 새싹을 트여내듯
　　　　장신구들을 주었답니다.

쁘리얌와다 - (샤꾼딸라를 바라보며) 이런 축복은 네가
　　남편의 왕실에서 영화를 누리리라는 걸 예견하
　　는 것 같아.
　　(샤꾼딸라 부끄러운 듯한 표정을 짓는다)
첫째 성자들의 아들 - 이리 오세요, 가우따미 님. 지

---

8) 인도에서는 경사스러운 일 또는 성스러운 의식에 손과 발바
　　닥에 빨간 물을 들이거나 물감으로 무늬를 새긴다.

금쯤 목욕을 끝내셨을 까샤빠 님께 나무들이 해

준 일을 알려야겠어요.

둘째 성자들의 아들 — 그래요.

(퇴장)

동무들 — 어떻게 하니. 우리는 장신구를 걸쳐 본 일이

없어. 그렇지만 그림 그리던 실력으로 너를 치장

해 줄게.

샤꾼딸라 — 난 너희들이 얼마나 잘하는지 알아.

(둘은 샤꾼딸라 몸에 장신구를 걸어 주는 시늉을 한다)

(이때 목욕을 마친 까샤빠 등장)

까샤빠 —샤꾼딸라가 오늘 가는구나. 슬픔에 가슴은 에

이고 눈물을 삼키느라 목이 메는구나. 시야는 걱

정으로 흐려지니 숲에 사는 내게도 정이 주는 고

통 이러하거늘 딸을 보내는 생경한 아픔에 속세

인은 또 얼마나 신음하랴.

(돌아선다)

동무들 — 샤꾼딸라, 치장은 다 됐어. 이제 이 비단 옷

감 두 벌을[9] 걸쳐봐.

---

9) 옷의 형식을 갖추지 않은, 바느질 안 된 옷감 위 아래 두 벌.
경조사나 특별한 제사에는 바느질 안 된, 세탁하지 않은 천
연 그대로의 옷감을 입어야 한다.

(샤꾼딸라, 일어서서 옷감을 걸쳐 입는다)

가우따미 — 애야, 기쁨이 넘쳐흐르는 눈으로 마치 너
　　를 껴안듯 네 아버지께서 이쪽으로 오시는구나.
　　평소 예절만 갖추려무나.

샤꾼딸라 — (부끄러운 듯) 절 받으셔요, 아버지.

까샤빠 — 아가,

　　야야띠[10]에게 샤르미슈따[11]처럼
　　남편에게 소중한 사람 되거라.
　　너 또한 제왕될 아들을 얻거라.
　　그녀가 뿌루 위해 그랬듯이.

10) 야야띠(Yayati) : 태음족의 왕으로 다섯 아들을 두었다. 아수
　　라(Asura, 악마)들의 스승인 슈끄라짜리야(Śukrācarya)로부
　　터 일찍 늙어 버리라는 저주를 받았다. 그런데 그의 다섯 아
　　들 가운데 누구라도 저주를 대신 받는다면 저주가 풀린다고
　　했는데, 뿌루만이 달게 받겠다고 하여 야야띠는 뿌루의 젊음
　　과 아름다움을 취한 대신, 그에게 위대한 왕조의 선조가 되
　　라는 축복을 내려 주었다.
11) 샤르미슈따(Sarmiṣṭhā) : 야야띠 왕의 아내로, 악마의 왕인
　　우르샤빠르완(Urṣaparvan)의 딸이며, 슈끄라짜리야의 딸인
　　데와야니(Devayani)와 시앗 관계이기도 하다. 원래 데와야
　　니의 하녀로 딸려 보냈으나, 워낙 아름답고 재능이 있어 야
　　야띠의 사랑을 받아 왕비가 된다. 샤르미슈타와 야야띠 또한
　　샤꾼딸라와 두샨따처럼 간다르와식의 연애결혼을 하였다.

가우따미 ─ 성자님, 이건 그야말로 축원이지[12] 그저
       바람이[13] 아니군요.

까샤빠 ─ 아가, 지금 막 제 올린 불을 오른쪽으로 한
       바퀴 돌으려므나.[14]

       (모두 한 바퀴 돈다)

까샤빠 ─ (르그웨다의 운율로 축원을 읊조린다)

       제단 주위를 타오르며
       제지낼 신성한 나뭇가지 머금으시고
       둘레에는 다르바 풀 흩뿌려져 있는
       이 제화(祭火)가 너를 맑혀 주리라.

       이제 떠나거라.
       (주변을 돌아보며) 샤르앙가라와 들은 어디 있느냐?
       (등장)

제 자 ─ 저희들 여기 있습니다, 성자님.

까샤빠 ─ 그대 동생 가는 길을 안내해 주어라.

---

12) 반드시 실현되는 약속 같은 것, 미래에 일어날 모든 일을
    다 조절할 수 있는 사람이 하는 말(와라 Vara).
13) 실현될 수도, 있고 안될 수도 있는 것(아시 Asi).
14) 제사지낼 때 반드시 불이 필요하며, 그 불(또는 존경하는
    사람)을 대할 때는 오른쪽으로 돌며 기원한다(쁘라닥쉬나
    Pradaksina).

샤르앙가라와 ― 여기, 여기요, 마님.

    (모두 돌아선다)

까샤빠 ― 오, 수행자 숲을 에워싼 나무들이여!

      그대들 마시기 전에는

      한 번도 저 먼저 물 마시지 않던 이 아이가,

      치장하기 좋아하였으나

      그대들 사랑함에

      잎사귀 한 번 꺾지 않던 이 아이가,

      그대들 꽃잎 내밀 때

      잔치라도 벌인 듯하던 샤꾼딸라가

      님의 집으로 떠나는구나

      부디 그대들의 허락 있으라.

    (뻐꾸기 소리 들은 듯한 표정을 한 뒤)

      숲 속 삶의 친지이던 나무들 허락받아,

      여기

      샤꾼딸라 떠나네.

      이렇듯 목청 돋운 뻐꾸기 가락

      그들의 화답인듯 울리네.

      (허공에서)

군데군데 초록의 연꽃 담은

호수로 치장하고

그늘 짙게 드리운 나무로

햇살의 뜨거움 비껴가게 해주며

연꽃가루 뒤섞어서 먼지마저 보드라운

그대 가시는 길

서늘하고 상쾌한 산들바람 함께 하시라.

다함 없는 행복 함께 하시라.

(모두들 놀라워하며 귀를 기울인다)

가우따미 ― 애야, 네게 친족 같은 정을 주던 숲의 여신

　　　들이 잘 가라 이르시는구나. 신령들께 절하려무나.

샤꾼딸라 ― (절하고 돌아서서 한 쪽에 대고) 애, 쁘리얌

　　　와다, 서방님이 그립긴 하여도 아쉬람 땅을 떠나

　　　려니 발길이 떨어지지 않는구나.

쁘리얌와다 ― 내 동무만 수행의 숲 떠나는 게 서러운

　　　게 아니야. 너와 헤어져야 하는 수행의 숲 또한

　　　같은 기분인 것 같아.

　　암사슴들 되새김하던 다르바 풀 떨어뜨리고

　　공작새들 춤추기 그만두었네.

　　덩굴들은 마치 눈물을 흘리듯

노란 잎사귀 뚝뚝 떨구네.

샤꾼딸라 − (생각해 내고는) 내 덩굴 동생 와나조뜨쓰
　　나에게 작별인사하고 올게요.
까샤빠 − 그래, 네가 그것에 형제의 정을 가지고 있는
　　것을 안다. 우리 오른쪽에 그 놈이 있구나.
샤꾼딸라 − (다가서서 덩굴나무를 안는다) 오, 와나조뜨
　　쓰나, 너 비록 망고나무 감고 있어도 이쪽을 향해
　　뻗은 가지 팔로 날 좀 안아다오. 난 오늘부터 네
　　게서 멀어진단다.
까샤빠 −

　　　내가 처음 바라던 대로
　　　네 공덕에 어울리는 신랑 만났구나.
　　　나와말리까가 망고나무 기대었으니
　　　나 이제 너 향한 근심 벗어 놓으련다.

　　여기부터 길을 계속 가거라.
샤꾼딸라 − (동무들을 향해) 애들아, 이 덩굴나무를 너
　　희들에게 맡길게.
동무들 − 우린 누구 손에 맡길래? (눈물을 흘린다)
까샤빠 − 아나수야, 그만 됐다. 눈물을 거두어라. 너희

들이 오히려 샤꾼딸라 마음을 단단히 하도록 해
야지.

(모두 돌아선다)

샤꾼딸라 — 아버지, 암자 주변을 맴도는 몸 무거운 암
사슴이 순산하거든, 누구든 저한테 보내어 기쁜
소식 알려주셔야 해요.

까샤빠 — 잊지 않으마.

샤꾼딸라 — (누군가 발길을 방해하는 듯한 몸짓으로) 누
가 대체 내 옷을 잡아당기지? (돌아선다)

까샤빠 — 아가!

여기 이 사슴
네가 아들이라 여겨
들 옥수수 한줌씩 주며 다독거려 기르던,
뾰족한 꾸샤 풀에 입 찔렸을 때
잉구디 기름 발라 상처 낫게 한
그 녀석이 네 발길 놓아주지 않는구나.

샤꾼딸라 — 아가, 같이 살던 너를 저버린 나를 어이하
여 따라오느냐. 네 어머니 너 낳고 곧 세상 떠났
어도 너 여지껏 잘 커 왔듯이, 내 비록 너와 헤어
지나 아버지 널 돌보실 게야. 그러니 어서 발길을

돌려라. (이렇게 울며 길을 계속 간다)

까샤빠 —

　　　마음을 다져
　　　한없이 흘러내린 눈물을 삼키어라.
　　　치켜 뜬 속눈썹 빠져나와
　　　네 눈 할 일 못하도록 가로막는구나.
　　　오르고 내림을 살필 수 없으니
　　　네 발걸음 길에서 고르지 못하니라.

샤르앙가라와 — 성자님, 웨다에서 사랑하는 사람은 물
　　　가까지만 따라가야 한다고 하더이다. 여기 호숫
　　　가이오니, 여기서 전할 말씀 주시고 발길을 돌리
　　　소서.

까샤빠 — 그러면 이 우유나무 그늘에 들자꾸나.
　　　(모두들 돌아서서 서 있다)

까샤빠 — (혼잣말로) 도대체 두샨따 그 분께 무슨 말을
　　　전해야 마땅할지 …… (생각에 잠긴다)

샤꾼딸라 — (한 쪽에 대고) 얘, 여기 봐! 연꽃잎 속에 몸
　　　을 감춘 짝을 보지 못한 짜끄라와까 암새가 너무
　　　도 힘들다는 듯, 애타게 울고 있어.

아나수야 — 그렇게 얘기하지 마, 동무야.

님 없이 지샐 밤
설움에 길고 길어도
사무친 헤어짐의 아픔
희망의 닻줄로 견디어내리.

까샤빠 ― 샤르앙가라와, 샤꾼딸라를 건네주면서 이렇
　　게 왕한테 내 말을 전해 주게.
샤르앙가라와 ― 말씀하소서, 성자님.
까샤빠 ―

우리는 절제가 재산임을
그대는 높은 가문임을,
그리고
이 아이에겐
어쩌다 저도 몰래 솟구친
그대 향한 정이 흘러내림을
잘 살피시어
평상의 예를 갖춰
아내 가운데 하나로 맞아들이시오.
더는 운명에 맡길 일이며
아내 친지들 입에 오르내리면
아니 될 일이오.

샤르앙가라와 ─ 전할 말씀 새겨들었습니다.

까샤빠 ─ 아가, 이제 네게 몇 마디 해야겠구나. 비록 숲
　　에서 살았다 하나, 우린 세상일도 잘 알고 있단다.

샤르앙가라와 ─ 지혜로운 이가 모르는 일은 실로 없답
　　니다.

까샤빠 ─ 이제 여기서 떠나 남편 집에 이르러서는

　　　웃어른 잘 모시고
　　　같은 아내들의 벗인 양 행동하여
　　　남편이 혹여 그르다 해도 화가 나서
　　　그를 거스르는 일 없도록 하여라.
　　　하인들에겐 더없이 겸손하고
　　　너의 행운에 자만하여 우쭐거리지 말아라.
　　　이리하여 어린 처자가 아내의 자리를 얻나니
　　　이를 거스르면 온 집안 저주뿐이니라.

　　　가우따미는 어찌 생각하시오?

가우따미 ─ 이 모두가 이 어린 처자에게 줄 만한 교훈
　　이올시다. 애야, 이 모두 명심해야 하느니라.

까샤빠 ─ 아가, 이제 나와 벗들을 껴안아 주려므나.

샤꾼딸라 ─ 아버지, 쁘리얌와다랑 아나수야도 여기서
　　돌아가야 하나요?

까샤빠 － 아가, 이 아이들도 시집보내야 한단다. 거기에
　　　가는 건 옳지 않아. 가우따미가 너랑 함께 갈 거야.
샤꾼딸라 － (아버지를 껴안으며) 말라야[15] 언덕에서 뽑
　　　힌 전단향마냥, 이제 아버지 품안에서 떨어져 나
　　　와 낯선 땅에서 어찌 삶을 꾸려 가리요?
까샤빠 － 아가, 무얼 두려워하는 게냐.

　　　추앙받는 남편의 영예로운 아내되고
　　　그가 위대하니
　　　중요한 그의 일에 매순간 몰두하며
　　　머지않아 가문 더욱 밝힐 아들을 얻으리라.
　　　마치 동녘이 태양을 낳으시듯
　　　오, 너, 내 아기
　　　나와 헤어지는 슬픔 개의치 말아라.

　　　(샤꾼딸라, 아버지 발 밑에 엎드린다)
까샤빠 － 내가 바라는 모든 것이 너와 함께 하기를……
샤꾼딸라 － (동무들에게 다가서며) 얘들아, 너희들 같이
　　　나를 좀 껴안아 줘.

---

15) 말라야(Malaya) : 남인도에 있는 산으로 전단향으로 유명
　　함. 시에서 종종 시원하고 향기로움을 준다고 할 때 말라야
　　바람이 쓰인다.

동무들 - (그렇게 한다) 동무야, 만에 하나 왕이 널 알
　　아보기 어려워하면, 그의 이름이 새겨진 이 반지
　　를 보여 주렴.

샤꾼딸라 - 이 무슨 얼토당토않은 말이니?

동무들 - 너무 놀라지 마! 지나친 사랑은 늘 불길한 일
　　만 걱정하는 거니까.

샤르앙가라와 - 해가 중천에 떴소이다. 서두르시오,
　　마님!

샤꾼딸라 - (아쉬람 쪽으로 향해 서서) 아버지, 언제 다
　　시 수행 숲을 보게 될까요?

까샤빠 - 잘 듣거라.

　　　오래도록
　　　사해로 둘러친 이 땅의 안주인 된 뒤에,[16]
　　　두샨따의 아들 또한 무적의 장수되면
　　　왕가의 짐일랑 아들에게 훌훌 벗어 준
　　　남편을 동반하여
　　　한적한 이 아쉬람에
　　　다시 올 수 있을 게야.[17]

---

16) 깔리다사가 군왕을 빗대어 즐겨 쓰는 표현 가운데 하나로
　　제왕은 땅의 아내로 묘사된다.
17) 아들에게 왕위를 물려준 뒤 숲으로 수행하러 떠나는 것은

가우따미 ─ 애야, 가야 할 시간이 이미 지나 버렸구나.

아버지 발길 돌리시도록 하여라.

(까샤빠를 향해) 그러지 않으면 애가 두고두고 한 말

또 하고 또 하겠어요. 발길을 돌리시어요, 성자님.

까샤빠 ─ 아가, 고행 시간이 너무 지연되었구나.

샤꾼딸라 ─ (다시 아버지를 껴안으며) 아버지 몸은 지나

친 고행으로 이미 너무나 쇠약해 지셨어요. 그러

니 저를 위해 너무 슬퍼하지 마셔요.

까샤빠 ─ (한숨쉬며)

어찌 내 슬픔 가라앉으리.

아가,

네가 전에 암자 사립문에

니와라[18] 공물 바친 후

싹이 튼 걸 본다면.

가거라, 네 가는 길 행운이 가득하리라!

(샤꾼딸라 수행원들과 퇴장)

동무들 ─ (샤꾼딸라 바라보다) 이런, 이런! 샤꾼딸라가

옛날 인도 왕들에게 아주 일반적인 일이었다.

18) 제사 때 음식은 반드시 익혀서 올리는 것이 원칙이나 니와

나무들 사이로 숨어 버렸네.

까샤빠 ─ (한숨쉬며) 아나수야, 같이 수행하던 벗이 이
　　　　제 갔구나. 슬픔을 삼키고 나를 따라오너라.

동무들 ─ 아버지, 샤꾼딸라 없는 수행 숲이 텅 빈 것
　　　　같은데 어찌 돌아갈까요.

까샤빠 ─ 사랑은 이런 모습으로 작용한단다.
　　　　(생각에 잠겨 돌아선다) 아! 샤꾼딸라를 남편 집으
　　　　로 보내고 나니 마음이 편안해졌구나. 자고로,

　　　딸이란 또 하나의 물건
　　　오늘 이 아이 남편에게 보내니
　　　내 마음 더없이 고요하여
　　　맡았던 물건 되돌려 준 듯하도다.

　　　(모두 퇴장)

───────────

라(Nivāra, 재배하지 않고 난 쌀 종류, 숲에 사는 수행자들의
주식)는 샤꾼딸라가 새들을 위해 뿌려 준 것으로 새들이 먹
고 남아 있던 것들이 다시 싹 튼 것.

제 **5**막

(이때 왕좌에 앉은 채 왕이 등장, 그리고 위두샤까)

위두샤까 - (귀를 기울인다) 여보 벗, 연회장에 귀 한번 기울여 보시구랴. 감미롭고 맑은 가락이 어우러진 노랫소리가 들리지 않수? 생각건대 항사빠디까 님이 목청 가다듬는 것 같소이다.

왕 - 조용히 좀 해 보시게! 나도 좀 듣게.

(허공에서 노랫소리 들린다)

오, 벗이여!
신선한 꿀 탐하여 그렇게
망고 꽃에 입맞춤하곤
어찌 그를 잊었는가.
그저 연꽃 속에 앉은 흡족함에.

왕 - 흠! 열정이 넘쳐나는 노래로군.

위두샤까 - 노랫말이 뭘 뜻한다고 생각하시우?

왕 — (살짝 웃은 뒤) 저이가 언젠가 나와 사랑을 나눈
　　적이 있지. 이건 와수마띠 중전을 두고 나를 비아
　　냥거려 하는 말일 걸세.
　　여, 마다뱌, 항사빠디까에게 내 말 좀 전해 주시
　　게. 내가 충분히 조롱당했다고 말일세.
위두샤까 — 그리하리다. (일어선다)
　　벗, 그런데 그 여자 시녀들 손에 몇 가락 남은 내
　　까까머리[1] 잡혀 얻어맞아도 도망칠 수 없을 거
　　야. 요정한테 붙잡힌 수행자처럼 말이우.
왕 — 가시게.
　　가서 세련되게 그 여자하고 얘기해 보시게.
위두샤까 — 달리 방법이 없구먼.
　　(이렇게 퇴장)
왕 — (혼잣말로) 사랑하는 사람과 헤어진 일도 없건만,
　　이 같은 노래를 듣고 내가 왜 목이 메이나? 아니면

　　　　아름다운 걸 보거나
　　　　달콤한 말 들을 땐
　　　　행복에 겨울 때라 해도
　　　　무릇 중생이란

---

1) 성지순례 하거나 제사 집전한 브라만의 표시로 꼭대기에 몇
　　가닥 남기고 머리를 깎는다.

마음이 꿈틀거리느니
지난 어느 생엔가
끈끈하게 엮어졌던 인연이 여실히 남아
불현듯 마음속에 기억되는 것이리라.

(이렇듯 혼란스러워하며 서 있다)

(이때 깐쭈끼 등장)
깐쭈끼 – 오호라! 내 몸이 이 지경이 되도록 쇠약해졌
구나.

왕의 후궁에서
그저 모양내려고 들고 다니던
이 대나무 지팡이
긴긴 세월 흐른 지금
그 놈이 바로 버팀대되어
걸음걸이 비척인다며
나를 시중드누나.

흠! 왕의 임무 수행이 늦어져서는 안 되지. 그런
데도 깐와 제자들이 왔음을 썩 알리고 싶지 않구
면. 이제 막 재판정에서 일어선 대왕을 또다시 힘

들게 할 터인지라. 아니지, 이 놈의 세상 다스리
는 일엔 휴식이 없는 법. 자고로—

　태양은 말고삐 단 한번 매고
　바람은 밤에도 낮에도 불어대네.
　뱀은 땅의 무게 견디어 내니
　이것은 육 분의 일을 받는 왕의 의무라.

그러니 나도 내 할 일을 해야지.
(돌아서서 바라본다) 여기 마마가 계시는군.

　백성을 자식처럼 돌본 뒤에
　피로에 지친 마음
　고적함 즐기시네.
　한낮에 무리를 이끄느라
　햇볕에 그을린 코끼리 대왕
　서늘한 곳에서 휴식을 취하듯.

마마께 영광! 영광!
여기, 히말라야 산자락 숲에 사는 수행자들이 까
샤빠 님의 전할 말씀 가지고 여인들과 함께 와 있
나이다. 이를 들으신 마마의 결심 기다리옵니다.

왕 ― (공손하게) 뭐? 까샤빠 님의 전할 말씀을 가져온
　　사람들이란 말인가?

깐쭈끼 ― 그러하옵니다.

왕 ― 그렇다면 소마라따 제사장에게 내 말을 전하라.
　　그 아쉬람 사람들을 슈라우따[2] 의식에 따라 몸소
　　예를 갖추어 맞아들임이 옳으리라. 나 또한 여기
　　수행자들과 만나기 적당한 곳에서 기다린다 하
　　여라.

깐쭈끼 ― 분부대로 하겠사옵나이다. 마마.
　　(퇴장)

왕 ― (일어서며) 웨뜨라와띠, 불의 신전에 이르는 길로
　　인도하라.

여자 문지기 ― 이쪽, 이쪽이옵니다. 마마.

왕 ― (돌아서며, 자기 일에 지친 기색을 보인다) 자기가 바
　　라던 걸 얻고 나면 모든 중생이 다 행복해 하건
　　만, 욕망의 성취가 왕에게는 결국 고통이로구나.
　　절대권력은 단지 불타는 열망을 식혀줄 뿐

---

2) 슈라우따(Śrauta): 웨다를 해석해 놓은 의례집으로 성스러운
　　제사 불을 보존하는 일에 관해 적혀 있다. 브라만이나 공부
　　마친 학생, 또는 귀한 손님이 오면 반드시 소를 잡아 공양 올
　　리게 되어 있다. 지금 인도 사회에서 소 먹는 것을 금기하는
　　것과 대조적이다. 물론 그때도 소를 신성하게 여겨 함부로
　　죽이거나, 평소에 먹을 수는 없었다.

얻은 것 지키는 일 참아내기 어렵노라.
왕국은 이렇듯
아무리 지쳐도 피로를 몰아낼 수 없게 하노라.
손아귀에 쥐어진 우산자루처럼.[3]

       (막 뒤에서)
두 명의 음유시인[4] ― 대왕마마께 영광 있으라!
첫째 시인 ―

       자신의 안락은 뒷전에 미뤄둔 채
       복된 세상 위하여 힘을 쏟으니
       님의 일 날마다 이와 같다네.
       나무가 따가운 햇살 머리로 받아 내어
       고통에 허덕이며 자기에게 기댄 자
       그늘로써 식혀 주듯이.

둘째 시인 ―

---

3) 싼쓰끄리뜨 문학에서 우산은 왕권을 상징하며, 우산자루는
   왕이 쥐고 있는 권력의 지팡이를 뜻한다.
4) 음유시인 : 와이딸리까(Vaitalika)라 부른다. 일종의 포고자
   (布告者), 또는 전달자로서 운율 섞인 말로 왕에게 시각을
   알리며, 왕을 깨우고 잠재우는 일, 그의 자애로움이나 영웅
   적 행위, 전기 등을 읊는 일을 담당한다.

님께서 쥔 지팡이

길에서 벗어난 이 다잡아 주고

적지 않은 재산으로 많은 인연 맺건만

얽히고 설킨 그 갈래 올올이 풀어내어

백성을 마치 혈육처럼 대한다네.

왕 - 지친 마음에 다시 기운이 솟는군. (돌아선다)

여자 문지기 - 여기 이 부근 제사에 쓰일 소가[5] 매어 진 불의 신전, 소똥 새로 발라[6] 곱게 단장한 툇마루 앞에 이르렀나이다. 어서 오르시어요, 마마.

왕 - (그 곳에 올라 시종들의 어깨에 의지해 서 있다) 웨뜨 라와띠! 까샤빠 성인께서 무슨 일로 성자들을 내 게 보내셨을까?

고행 공덕 쌓던 수도자들

고행 그르치는 장애 생겼을까.

누가 진리의 숲 속 짐승들에게

---

5) 동물희생제는 염소를 쓰는 것이 보통이었으나, 염소 대신 소를 쓰는 경우도 가끔 있었으며 제사를 지내고 난 다음 소 고기를 먹는 것은 일반적이었다.

6) 먼지를 막고 땅을 단단히 하며, 의료 효과와 향기를 주고, 추 위와 더위에 강하게 해 준다 하여 마당이나 벽, 방안에 소똥 을 바르며 지금도 계속되는 풍습이다.

못된 짓 저질렀을까.
아니면
내 부덕함으로
덩굴들이 꽃 피우고 열매 맺기
그만 두었을까.
이렇듯 온갖 망상 뒤섞여
내 마음 혼란하니 쉬이 단정할 수 없도다.

여자 문지기 ― 제 생각엔 성자들이 마마의 덕을 기쁘
게 여겨 이를 치하하러 온 듯 하옵니다.
(이때, 성자들 샤꾼딸라를 앞세우고 가우따미와 더불
어 등장, 그 앞엔 깐쭈끼와 제사장)
깐쭈끼 ― 여기, 여기요, 성자님들.
샤르앙가라와 ― 샤라드와따,

흐트러짐 없는 여기 이 왕
도량 넓은 이 분명하오.
가장 비천한 신분의 백성도, 그 누구도
그릇된 길 들어서지 않음 또한 인정하오.
긴 세월 고적함에 길들여진 내 마음
이 궁궐 꽉 찬 사람들로 마치
불길에 휩싸여 있는 듯 하나이다.

샤라드와따 — 그대가 궁 안에 들어와서 그런 느낌 갖
는다는 건 맞는 말이오. 나 또한—

> 여기 쾌락을 좇아가는 중생들을 보매
> 목욕한 사람이 기름에 절은 사람 보듯
> 순결한 사람이 불결한 사람 보듯
> 깨어 있는 사람이 잠자는 사람 보듯
> 자유를 만끽한 사람이 묶인 사람 보듯 하오.

샤꾼딸라 — (불길한 징조를 느낀 듯이) 아니! 왜 오른쪽
눈이 떨리는 걸까?

가우따미 — 아가, 불길한 생각일랑 모두 털어 내버리
거라. 남편의 가신(家神)이 네게 행운을 주실 거
야. (돌아선다)

제사장 — (왕을 가리키며) 오, 수행자들이여! 여기 네
계급 사람들을 지켜주는 왕이 자리에서 일어나
그대들을 기다리고 계시오. 보시오, 그 분을!

샤르앙가라와 — 여보시오, 크나크신 브라만! 그렇게
찬양할 만하긴 하지만, 그래도 우린 그런 것에 무
관심한 사람들이오. 자고로—

> 나무는 결실이 다가오면 가지를 내리고

구름은 새 물을 머금으면 밑으로 처지며
진실된 사람은 부에 거만하지 않는 법.
이것이 바로 다른 이를 이롭게 하는 자의 속성
이라오.

여자 문지기 — 마마, 성자들의 얼굴이 밝아 보이는 걸
　　보니 평화로운 일로 온 듯 하옵니다.
왕 — (샤꾼딸라를 보고) 저기 저 여인—

　　누구일까, 베일을 쓰고
　　고운 자태 다 드러내지 않은 채
　　수행자들 틈에 끼어
　　시든 잎 사이에 새싹 같은 저 여인은.

여자 문지기 — 마마, 호기심 가득 찬 추측을 뻗쳐 봤지
　　만 더 이상 이어갈 수 없나이다. 하지만 자태는
　　아주 고와 보이나이다.
왕 — 그만 되었다. 다른 사람의 아내를 입에 올리는 것
　　은 옳지 못한 법.
샤꾼딸라 — (가슴에 손을 얹고 혼잣말로) 오, 심장이여!
　　어이하여 이렇듯 떨리느뇨? 내 님의 마음을 알아
　　가만 좀 있게나.

제사장 ─ (앞으로 나가며) 여기, 절차대로 공양 올린 수
　　　행자들이 왔소. 스승에게서 전할 말을 가져왔다
　　　하오. 대왕은 들어 보심이 마땅할 듯하오.

왕 ─ 주의를 기울이고 있는 중이오.

성자들 ─ (손을 들어올리며) 대왕께 승리가!

왕 ─ 모두에게 경배 드리오.

성자들 ─ 바라는 것과 늘 함께 하시오.

왕 ─ 성자들께서는 수행에 지장이 없으시오?

성자들 ─

그대 지키시는데
선자(善者)들 진리 행함에 어떤 장애 있으리요.
태양이 빛나는데
어찌 어둠이 드리워지리.

왕 ─ 왕이라는 칭호가 실로 의미심장해지는구려. 그런
　　데 까샤빠 성자님께서는 세상 잘 돌보고 계신답
　　니까?

샤르앙가라와 ─ 초인적인 힘을 가진 사람들은 자기 행
　　복을 마음대로 조절할 수 있지요. 성자께서는 먼저
　　대왕의 강녕하심을 물은 다음, 이렇게 이르셨소.

왕 ─ 뭐라 분부하더이까?

샤르앙가라와 — 그대 서로 동의하여 내 딸과 혼인하였
　　소. 그대들이 한 일을 쾌히 승낙하며, 기뻐 마지
　　않소. 왠고 하니 —

　　　　그대는 덕망의 으뜸이라 알려져 있고
　　　　샤꾼딸라는 정숙함 그 자체이니
　　　　똑같이 가치로운 신랑각시 맺어주었으니
　　　　조물주 탓함 없기 그 아니 오랜만이던가.

　　그러니 새 생명 잉태한 이 아이를 함께 진리를 수
　　행하는 동반자로 받아들이시오.

가우따미 — 나도 몇 마디 하고 싶지만 끼여들 틈이 없
　　군요. 왜냐구요?

　　　　이 아이는 어른들 개의치 않고
　　　　대왕 또한 친지들께 묻지 않아
　　　　둘이 각자 그런 행동 취했으니
　　　　내가 달리 무슨 말을 하리요.

샤꾼딸라 — (혼잣말로) 내 서방님은 뭐라 하실까?

왕 — 대체 뭐가 어떻게 되어 가는 건가?

샤꾼딸라 — (혼잣말로) 실로 불과 같은 말을 뱉어내는

군!

샤르앙가라와 - 어떻게 이럴 수 있소! 왕은 세상 돌아
　가는 일을 잘 알고 있지 않소?

　　비록 순결하여도
　　사람들은 달리 의심하네.
　　남편 있는 아낙이
　　친정에 얹혀 사는 것을.
　　그래서 친지들은 바란다네.
　　사랑을 받거나
　　그러지 못하거나
　　여자는 남편 곁에 살아야 한다고.

왕 - 내가 이 부인과 전에 결혼했다고?
샤꾼딸라 - (낙담하여 혼잣말로) 오, 심장이여! 그대의
　의심이 옳았도다!
샤르앙가라와 -

　　아니
　　그대가 했던 일이 이제 넌더리가 나서 하는 말
　　이오?
　　아니면 진실에서 고개를 돌리겠다는 말이오?

그도 아니면 아예
아무것도 개의치 않겠다는 애기요?

왕 - 그렇게 그릇된 생각에서 비롯된 질문이 어디 있소?
샤르앙가라와 -

권력을 쥐었다는 자만으로
우쭐거리는 자에게
이런 일은 늘 일어나리라.

왕 - 심한 모욕이로군.
가우따미 - 아가, 부끄러움을 잠시 거두어라. 네 베일
을 잠시 벗기련다. 그러면 네 주인이 널 알아볼
게다.
(베일을 벗긴다)
왕 - (샤꾼딸라를 보고 혼잣말로)

내게 다가온 손대지 않은
이
천연의 아름다움
내가 전에 이 여인 받아들였을까
아닐까

단정할 수 없도다.
이슬 앉은 재스민 꽃 대하는
아침의 벌처럼
즐겨야 할지 버려야 할지
알 수 없어라.

(이렇듯 생각에 잠긴다)

여자 문지기 − (혼잣말로) 오, 우리 주인님, 법도 따지는 것 좀 봐. 저리도 아름다운 여인이 저절로 굴러 왔건만 생각만 하고 계시다니.

샤르앙가라와 − 오, 왕이시여! 어찌하여 침묵만 지키시오.

왕 − 오, 수행자들이여! 내 비록 생각을 거듭해 보았으나 저 부인과 혼인했는지를 기억할 수 없소이다. 아이를 가진 것이 분명히 드러난 저 여인이 나와 관계를 가졌는지 이렇듯 의심스러운 마당에, 내 어찌 쉑뜨린[7]이 되어 준다 할 수 있겠소.

샤꾼딸라 − (한 쪽에 대고) 서방님께서는 혼인 자체를 의심하시니, 내 크나큰 꿈 이제 어디 있으련가?

샤르앙가라와 − 그러지 마시오!

---

7) 쉑뜨린(Kṣetrin) : 밭(쉑뜨라 Kṣetra)의 주인. 남편일 뿐 씨앗

그대에게 성자님 모욕 당해 마땅하오.
딸의 능멸 인정하고 받아들이기 청하니
도둑맞은 물건 산적에게 바치면서
받을 자격 있다 부추기는 꼴 아니오.

샤라드와따 ─ 샤르앙가라와, 이제 그만 됐어요. 샤꾼
딸라, 우리가 할 말은 다 한 것 같소. 이 분께서 이
렇게 말하시니 신뢰를 줄 만한 답을 해야겠어요.

샤꾼딸라 ─ (한 쪽을 향해) 사랑이 이 지경에 이르렀는
데 일깨운들 무엇하리. 이제 내 운명을 서러워해
야 할 일만 남았는데.
(큰소리로) 서방님!
(이렇게 반쯤 내뱉다가) 이제 우리의 혼인을 의심
하는 마당에 이 호칭은 적절치 못하군요. 오, 뿌
루의 후예여! 처음 아쉬람에서 어리석은 내 마음
그런 약속으로 홀려 놓고 이제 이런 말로 부정함
은 옳은 일인가요?

왕 ─ (귀를 틀어막으며) 이제 제발, 그만들 하시오!

의 주인은 아니라는 뜻. 만일 어떤 사람이 다른 사람 밭에 씨
앗을 뿌려도 결실은 밭 주인이 거두게 됐다. 씨앗이 분명하
지 않은 아이의 경우 그래서 남편의 소유가 되고 이런 아내의
남편을 쉑뜨린이라 부른다.

어이하여 그대 가족 욕되게 해 놓고
이 몸마저 끌어내리려 하시오.
강이 마치 둑을 부수고
맑은 물 흐려 놓은 뒤
강둑의 나무마저 뽑으려는 것처럼.

샤꾼딸라 − 이럴 수가! 당신이 진실로 남의 아내라 의
　　심하여 이런 행동 취하신다면 이 정표로서 당신
　　의 의혹 벗겨 드리겠어요.

왕 − 좋은 생각이오.

샤꾼딸라 − (반지 있던 곳을 더듬어 보다가) 오, 이럴 수
　　가! 어찌 이럴 수가! 손가락에 반지가 없다니!
　　(이렇게 말하곤 어쩔 줄 몰라하며 가우따미를 쳐다본다)

가우따미 − 샤끄라아와따라[8]에서 샤찌띠르타[9] 물에
　　경배하다가 반지가 빠져 버린 게 틀림없구나.

왕 − (엷게 웃으며) 이래서 여자에게는 늘 방편이 준비
　　되어 있다 하는군.

샤꾼딸라 − 이렇게 운명이 위력을 발하시는구나!
　　그럼 다른 사건을 말씀드리죠.

왕 − 이제 들어야 될 문제인 모양이군!

---

8) 샤끄라아와따라(Sakrāvatara) : 샤끄라는 인드라의 다른 이름

샤꾼딸라 - 언젠가 나와말리까 나무 그늘 아래서 연꽃
    잎 사발에 담은 물을 당신 손에 들고 있었겠지요?
왕 - 잘 듣고 있소!
샤꾼딸라 - 그때 디르가빵가라는, 내가 아들 삼았던
    새끼 사슴이 다가왔었겠지요? 그때 당신은 이 놈
    먼저 물을 먹여야겠군 하며 자비심을 일으켰더
    랬어요. 그 녀석도 유혹되었겠지요. 그래도 당신
    이 낯설어 선뜻 다가오지 못했어요. 다음엔 내 손
    에 가져오자 똑같은 물인데도 맘놓고 마셨답니
    다. 그때 당신은 웃으며 이런 말을 했었어요. "모
    두들 같은 종족끼리는 신뢰감을 갖는 게지. 그대
    들 둘 다 여기 숲 속 생활자들이니"라고요.
왕 - 단정치 못한 사람이라면, 그런 거짓으로 꽉 차고
    목적 달성을 위해 여인들이 꾸민 달콤한 말에 넘
    어가는 법이지.
가우따미 - 도량 넓으신 분이여! 그리 말씀하셔서는
    아니 되오. 이 아이는 수행의 숲에서 자라 속이는

이며, 아와따라는 가트(Ghat)라고 부르는 곳으로 강으로 내
려가기 위해 마련된 계단 같은 곳을 일컬음. 샤끄라아와따라
는 인드라 신에 이르는 가트.
9) 샤찌띠르타(Sacitirtha) : 샤찌는 인드라의 아내로 정숙한 아내
    의 상징. 띠르타는 성지를 뜻함. 남편의 사랑을 받고 싶어하
    는 아내들은 빠짐없이 샤찌띠르타에서 절을 올린다.

법을 모른다오.

왕 － 오, 나이 든 수행자여!

사람 아닌 것들조차 암컷에게는
타고난 교활함이 있거늘
영리한 인간이야 일러 무엇하리.
공중으로 날아가기 전 암뻐꾸기는
어린 새끼 다른 새가 보살피게 해 놓지 않던
가?[10]

샤꾼딸라 － (분노에 차서) 오, 나쁜 사람! 자기 마음이
그와 같으니 그리 보는 것 아닌가요? 누가 풀숲에
뒤덮인 늪과 같은 당신의 가면을 따를 수 있으리!
왕 － (혼잣말로) 이 여인의 분노는 거짓이 아닌 듯 보
여, 내 의식에 자꾸 혼동이 오는군. 참으로 이 여
인은－

---

10) 여기서 싼쓰끄리뜨 문학 특유의 이중법이 쓰였는데, 메나까
(Menaka, 샤꾼딸라의 어머니, 요정)가 쁘라브르따(Prabhṛtā,
뻐꾸기 또는 요정을 뜻함)와 동일시되어 하늘(안따릭샤
Antarikṣa)로 올라가기 전, 샤꾼딸라를 꺄샤빠에게 맡긴 것을
새(드위자 Dvija, 두 번 태어나는 이라는 뜻으로 새 또는 브
라만을 뜻함)를 통해 은근히 암시하고 있다.

은밀히 속삭이던 사랑 받아들이지 않는다며
붉게 충혈된 눈, 곱게 굽은 꿈틀대는 눈썹은
분노에 일그러진 사랑신의 화살 같아
지난 일 진정 잊었을까 내 마음 졸이네.

(큰소리로) 고운 마님! 두샨따의 행적은 잘 알려
진 바요. 허나 이런 위선 본 적 없소.
샤꾼딸라 ─ 뿌루 가문만 믿고 달콤한 혓바닥, 가슴에
독 품은 사람 손아귀에 떨어졌으니 제멋대로 구
는 여인으로 낙인찍혀 마땅하군요.
샤르앙가라와 ─ 이렇듯 자유분방함이 결국 자신을 태
우는 법이라오.

그래서 관계는 잘 살펴본 뒤 맺는 법이오.
더욱이 은밀한 것이라면
마음 모르는 사람과 벗으로 사귀다가는
원수 되기 십상이오.

왕 ─ 여보시오! 어찌 이 여인의 말만 믿고 나를 그리
트집잡아 숱하게 흠을 내시오?
샤르앙가라와 ─ (경멸스러운 듯이) 내 말을 잘 알아듣
지 못하신 게로군.

태어나서부터 속임수라곤
배워보지 못한 이 여인의 말
믿을 가치 없으니
다른 사람 속이기를
지식 삼아 배운 자의 말
믿어 의심치 말란 말이오?

왕 ― 여보시오, 진실만 말하는 분! 그대 말을 받아들
    인다고 칩시다. 그럼 대체 뭘 얻겠다고 저 여자를
    속인단 말씀이시오.
샤르앙가라와 ― 몰락 있으리라!
왕 ― 뿌루의 후예에게 몰락이라니! 믿을 수 없는 말이오.
샤라드와따 ― 샤르앙가라와, 더 대꾸해 무엇하겠소.
    스승님 말씀은 전했으니 우린 이제 돌아갑시다.
    (왕을 향하여)

이 여자는 그대 아내요.
버리든,
받아들이든 알아서 하시오.
아내에 관한 모든 권한
어쨌든,

그대가 쥐고 있는 것이오.

가우따미, 앞장서시오! (이렇게 출발한다)
샤꾼딸라 − 아니, 어떻게! 이 치한에게 속았거늘, 그
대들마저 날 버리시나요. (그들을 따라나선다)
가우따미 − (세운다) 이보게, 샤르앙가라와! 샤꾼딸라
가 가슴이 에이도록 울면서 우릴 따라오고 있네.
서방에게 소박맞았으니 내 가련한 딸아이 이제
무얼 하겠나.
샤르앙가라와 − (분노에 차서 돌아본다) 무엄한지고! 그
대가 지금 자유스러운 몸인 줄 아시오!
(샤꾼딸라 겁에 질려 벌벌 떤다)
샤르앙가라와 − 샤꾼딸라!

왕이 말한 바 사실이라면
패가망신시킨 그대
아버진들 어찌하리까.
그러나
그대 행동 순결하다 믿는다면
남편 집안 몸종도
마다하지 마시오.
여기 있으시오! 우린 가겠소!

왕 - 여보시오, 수행자님! 어이하여 이 여인에게 헛된
    희망 남기시오.

    달은 다만 달빛 연꽃 피게 하고
    해는 또한 햇빛 연꽃 깨운다오.
    절제할 줄 아는 그 사람 마음은
    남의 아내 껴안기를 거부한다오.

샤르앙가라와 - 다른 이와 맺어져서 이전 일을 잊었을
    진대, 어찌 진리 아닌 일이라 겁을 내시는 게요.
왕 - 그럼 여기서 내 그대에게 무엇이 중요하고 중요
    치 않은지 묻겠소이다.

    내가 넋이 나갔는지
    이 여인이
    거짓을 말하는지 의심스러울 때
    아내 버리는 이 되리까
    남의 아내 건드려 더러워지리까.

제사장 - (생각해 보다가) 그럼, 이렇게 해 보심이 어떠
    하오?
왕 - 스승님! 제발 가르쳐 주시오.

제사장 ― 이 부인이 출산할 때까지 우리 집에 머물게
하시지요. 왜 이런 제안하느냐 하면, 대왕께서는
온 세상에 바퀴 굴릴 제왕이 될 아들을 얻을 것이
라고 성자들이 언젠가 예언 했었다오. 만일 이 성
자의 딸이 그런 표식을 가진 아들 낳는다면 예를
갖춘 다음 후궁으로 받아들이면 될 것이오. 그렇
지 않다면 아버지 곁에 돌려보내면 될 것이외다.
왕 ― 스승님이 하자시는 대로 하지요.
제사장 ― 아가, 나를 따라오너라.
샤꾼딸라 ― 오, 땅이시여! 내게 무덤을 열어 주소서!
(이렇게 말하며 울기 시작한다. 제사장, 수행자들과 함
께 퇴장)
(왕, 저주로 인해 기억이 가려진 채 샤꾼딸라를 생각
한다)

(막 뒤에서)
놀랍고 놀라운 일이다!
왕 ― (귀를 기울인다) 이건 또 무엇인고?
(제사장 등장)
제사장 ― (놀라서) 대왕이시여! 기적이 일어났소이다.
왕 ― 무슨 일인지요?
제사장 ― 간와의 제자들이 돌아갈 때, 그 여자는 자기

운명을 한탄하며 두 팔을 치켜 흔들며 울부짖기
　　시작했지요.

왕 ― 그래서요?

제사장 ― 그러자 압싸라싸띠르타[11] 근처에서 여자 모
　　양의 불꽃이 그 여자를 들고 사라져 버렸다오.

　　(모두들 놀라는 표정을 짓는다)

왕 ― 스승님, 우린 어차피 그 일을 거절한 바요. 추측
　　해 본들 뭘 얻을 게 있겠어요. 가서 쉬시지요.

제사장 ― (쳐다보며) 승리 있으라!

　　(퇴장)

왕 ― 웨뜨라와띠, 내가 좀 심란하도다. 잠잘 방으로 가
　　는 길을 인도하라.

여자 문지기 ― 이쪽, 이쪽이옵니다 마마. (출발한다)

왕 ―

　　　내 진정 성자의 딸 기억할 수 없어

　　　아내임을 거부하였으나

　　　그게 마치 사실인 듯

　　　내 마음 어찌 이리도 아려 오는가.

　　　(모두 퇴장)

11) 압싸라싸띠르타(Apsrasatirtha) : 압싸라싸(요정)의 목욕 장소
　　이며, 성자들이 목욕할 때는 교대로 지키도록 되어 있다고 함.

제**6**막

(궁성 사령관인 왕의 처남 뒤로 한 사내가 두 명의 포
졸에 이끌려 등장)

포졸들 — (사내를 때리며) 이 도적놈아! 나랏님 이름이
새겨진 이 보석 박힌 반지를 어디서 훔쳤는지 말
해 봐!

사　내 — (두려움에 떨며) 제발 굽어살펴 주셔요. 나으
리! 전 그런 일 한 적이 없답니다.

첫째 포졸 — 그러면 임금님께서 상 줄 만한 브라만이
라 여겨 하사라도 하셨단 말인가?

사　내 — 제 말씀 좀 들어보시어요. 저는 샤끄라아와따
라에 사는 어부올습니다.

둘째 포졸 — 이 도적놈! 우리가 언제 네 출생 신분을
물었더냐?

왕의 처남 — 수짜까, 이 자가 차근차근 말할 수 있도록
놔두게. 그의 말에 끼여들지 말고.

둘째 포졸 — 분부대로 합지요. (사내를 향해) 말해 봐!

사 내 ─ 저는 그물과 낚시바늘 따위로 고기를 잡아 식
    구들 생계를 이어 가고 있답니다.
왕의 처남 ─ (웃으며) 그래, 참 좋은 직업이로군!
사 내 ─ 제발 그리 말씀하지 마시어요, 어르신!

        타고날 적에 지워진 직책
        조롱 당한다 그만둘 수 없네.
        웨다에 통달한 제사관
        동물 죽이는 일 잔인하여도
        자비롭고 여린 마음이듯이.[1]

왕의 처남 ─ 그래서 어쨌단 말인가?
사 내 ─ 어느 날, 제가 빨간 생선 배를 갈랐을 때 그놈
    뱃속에서 이렇게 찬란하게 빛나는 반지를 보았습
    죠. 그 뒤 이걸 팔려고 내놓고 다니다가 나으리들
    께 잡혔습죠. 이게 제가 이 반지를 얻게 된 경위올
    습니다. 자, 이제 때리든 풀어주든 하시어요.
왕의 처남 ─ 쟈누까, 썩은 고기 비린내가 나는 것을 보
    니 의심할 여지없이 이 자는 어부고, 악어고기 먹
    는 놈이다. 이 자가 반지 발견한 걸 확인해 봐야

---

1) 동물 희생제를 일컬음.

겠다. 왕궁으로 가자.

포졸들 – 옙!

　　　　여봐 날강도, 이리와!

　　　　(모두 돌아선다)

왕의 처남 – 수짜까, 내가 이 반지 얻게 된 경위에 대
　　　　해 폐하께 알리는 동안 성문 앞에서 이 녀석 감시
　　　　잘 하고 있어. 내가 폐하의 명령을 받고 돌아올
　　　　때까지 말이야.

포졸들 – 대감마님은 들어가 나라님의 은전 받으시와
　　　　요. (왕의 처남 퇴장)

첫째 포졸 – 쟈누까, 대감마님께서 너무 늦으시는데?

둘째 포졸 – 그러게. 나라님은 때맞춰 알현해야 한다
　　　　니까.

첫째 포졸 – 쟈누까, 내 손이 사형수에게 꽃목걸이[2]
　　　　걸려고 근질거리는데?

　　　　(이렇게 말하며 사내를 가리킨다)

사　　내 – 나으리께서 이유 없이 내 죽음 운운하는 건
　　　　옳지 않습니다요.

둘째 포졸 – (쳐다보며) 여기 우리 대감마님이 나랏님
　　　　하명 받잡고, 손에 문서 뭉치를 들고 우리 쪽으로

---

2) 인도에서는 꽃을 목에 걸어 놓고 형을 집행한다.

오고 계셔. 넌 이제 독수리 밥이 되거나 개 주둥이[3] 보게 될 게다.

(왕의 처남 등장)

왕의 처남 — 수짜까, 이 그물로 먹고 사는 사람 풀어 주도록 해라. 이 반지 얻게 된 경위가 사실임이 밝혀졌어.

수짜까 — 대감마님 말씀대로 합죠.

이 녀석 염라대왕 문턱까지 갔다왔군.

(사내를 묶었던 오랏줄을 푼다)

사　내 — (왕의 처남한테 절하며) 나으리, 이제 제 생계 수단을 어떻게 생각하시나요?

왕의 처남 — 반지에 상당하는 돈을 하사하라고 은전까지 내리셨다. (사내에게 돈을 건네준다)

사　내 — (넙죽 절하며 받는다) 나으리! 백골난망이올습니다.

수짜까 — 이 녀석 교수대에서 내려와 코끼리 등에 탄 격이로군.

쟈누까 — 나으리, 이 은전을 보니 그 반지가 나라님께 소중한 것이었던 모양이올습니다.

---

3) 인도에서는 개가 강변의 화장터 근처에서 죽은 사람의 시체를 먹고 있는 장면을 볼 수 있다.

왕의 처남 − 내 생각에는 그저 값진 보석이어서만이
아니라, 그 속에 폐하께서 가장 귀하게 여기시는
뭔가가 들어 있는 것 같아. 마마께선 그걸 보시고
사랑하는 어떤 사람을 기억해 내신 것 같아. 성품
이 본디 차분한데도 언뜻 눈에 눈물이 가득 고였
었거든.

수짜까 − 그럼 나으리께서 거기에 공헌하신 게 되는
군요.

쟈누까 − 사실, 이 어부에게 공이 돌아간 거지 뭐. (이
렇게 말하며 부러운 듯 사내를 쳐다본다)

사 내 − 꽃 몇 송이 값어치에 불과하지만 여기 절반은
나으리들 겁니다요.

쟈누까 − 그리한다면 좋지!

왕의 처남 − 여보게 어부, 정말 마음 씀씀이가 크군.
그대는 이제 내 좋은 벗이 되었네. 처음 맺은 우
정에는 까담바리 술[4]과 함께 해야지. 자, 술청으
로들 가세나!
(모두 퇴장)
(쁘라웨샤까 끝)[5]

---

4) 까담바리(Kādambari) 술 : 까담바 꽃이나 그 액으로 담근
술. 일반적으로 술을 뜻하기도 한다.

(이때, 사누미띠라는 요정이 허공으로 이어진 길에서
등장)

사누미띠 ─ 성자들이 목욕재계하는 동안 곁에서 교대
로 압싸라싸띠르타 망보는 일이 끝났군. 어디 이
제 라자르쉬가 뭘 하시는지 내 눈으로 직접 한번
볼까? 메나까와의 관계 때문에 샤꾼딸라는 나와
한 몸 같다니까. 메나까가 전에 자기 딸을 위해
뭘 좀 해 달라고 부탁했었지. (주변을 살핀다)
이건 웬걸, 놀이가 한창일 시절인데도 왕궁에서
는 놀이 마당이 벌어질 기미가 보이지 않네. 물론
깊은 명상을 통한 혜안으로 모든 걸 알 수도 있지
만 내 동무 존중해 주는 뜻에서, 어디 보자, 저기
뜰 지키는 처녀들 곁에 몰래 내 모습을 숨기고 정
보나 좀 얻어볼까?
(내려오는 듯한 시늉을 하며 서 있다)
(이때 활짝 핀 망고 꽃을 바라보며 시녀 등장, 그 뒤로
또 다른 시녀)

---

5) 쁘라웨샤까(Praveśaka) : 일종의 소개 글로서, 조연들 사이에
이루어지는 막간극이라 할 수 있다. 무대에 오르지 않은 이
야기를 관객들에게 소개하기 위함이며 나중에 나올 이야기
를 잘 이해할 수 있도록 돕는다. 위슈깜바까와 마찬가지로
희곡의 줄거리와 연결되어 있으며 첫 막 또는 끝 막에는 나오
지 않는다.

첫째 시녀 ─

　　오, 망고 꽃 봉오리
　　불그레한 초록, 노랑 한데 어우러진
　　봄의 생명
　　그 모습 이제 비죽이 드러내니
　　나,
　　이 계절 행운 부르는 그대
　　사랑하리라.

둘째 시녀 ─ 애, 빠라브르띠까, 혼자 뭘 중얼거리니?

첫째 시녀 ─ 응, 마두까리까![6] 빠라브르띠까[7]가 망고
　　　　꽃을 보더니 넋이 나간 것 같아.

둘째 시녀 ─ (즐거워하며 재빨리 다가선다) 응? 마두의
　　　　달이 왔단 말이니?

첫째 시녀 ─ 마두까리까, 이제 네 취한 듯한 매무새와
　　　　노래를 위한 시절이로구나.

둘째 시녀 ─ 동무야, 내가 발끝으로 서서 망고 꽃 봉오
　　　　리를 따게 나 좀 잡아 줘. 사랑신께 예를 드려야

---

6) 마두까리까(Madhukarikā) : 꿀(마두)을 만드는 이(까리까)라
　　는 뜻.

7) 빠라브르띠까(Parabhṛtikā) : 암뻐꾸기.

겠다.

첫째 시녀 — 공덕의 반이 내게 돌아온다면 잡아 주지.

둘째 시녀 — 얘, 그건 말하지 않아도 다 그렇게 되어 있어. 우리는 몸은 둘이라도 한 명이 사는 거나 같으니 말야.

(동무에게 기대고 서서 망고 꽃 봉오리를 딴다)

와! 여기 이 망고 꽃, 아직 봉오리 터뜨리기도 전 인데 줄기에서 떼내니까 향기가 그만인데?

(이렇게 말하며 두 손을 모아 동그랗게 만든다)

오, 망고 꽃 봉오리여.

활 들어올린 사랑신께 그대를 바치노라.

방랑객의 아내 표적 삼아

다섯 개[8] 가운데 으뜸 화살이 되거라.

---

8) 사랑신은 손에 늘 다섯 개의 화살(빤짜바나 Pañcabana, 혹은 빤짜샤라 Pañcasara)을 들고 다니며 때에 따라 적절히 사용한다.

아라윈다(Aravinda) — 낮에 피는 연꽃, 푸른 혹은 붉은 색.

아쇼까(Asoka) — 가장 아름다운 여인이 발에 장식을 하고 왼발로 차면 꽃을 피운다는 나무.

쭈따(Cuta) — 망고나무(혹은 그 꽃).

나와말리까(Navamika) — 덩굴나무.

닐로뜨빠라(Nilotpara) — 푸른 연꽃.

(막을 걷어 제치며 화난 표정으로 깐쭈끼 등장)

깐쭈끼 ― 그만두지 못하겠느냐! 이 넋 나간 것들아!
폐하께서 봄놀이를 금하셨거늘 어찌 망고 꽃을
꺾어대느뇨.

시녀들 ― (벌벌 떨며) 용서하소서! 모르고서 한 일이옵
니다.

깐쭈끼 ― 봄에 피는 꽃들, 거기 깃들어 사는 새들까지
대왕마마의 명령에 따르고 있다는 것을 진정 모
르는가?

> 망고 꽃망울 벌써 터뜨렸건만
> 꽃가루 아직 맺지 않고,
> 꾸라바까 꽃잎 내밀었으나
> 봉오리인 채 남아 있으며,
> 겨울은 지났으나
> 수뻐꾸기 지저귐에 목이 잠겨 버렸네.
> 활통에서 반쯤 꺼낸 화살 도로 집어넣고
> 사랑신도 놀라 물러난 듯하여라.

사누마띠 ― 라자르쉬가 굉장한 힘을 지녔음에는 의심
할 여지가 없군.

첫째 시녀 ― 바로 며칠 전에 마마의 처남이신 미뜨라

와수 님께서 왕비님을 시봉하라며 여기에 우리
를 보냈답니다. 그래서 여기 기쁨의 뜰 지키는 사
람으로 지명되었지요. 신출내기인지라 이곳 사
정을 잘 듣지 못하였사옵니다.

깐쭈끼 ― 그만 됐다. 다시는 이런 일 없도록 하라.

시녀들 ― 대감마님, 궁금한 게 있사옵니다. 저희들이
들어도 괜찮은 일이라면, 나라님께서 왜 봄놀이
를 금하셨는지 말씀해 주시렵니까?

사누마띠 ― 사람들은 놀이를 즐겨 하는데 뭔가 중대한
이유가 있으렷다.

깐쭈끼 ― 이미 다 알려진 사실, 말 못할 게 뭐 있겠느
냐. 샤꾼딸라 님이 처량하게 외면 당한 일이 혹시
너희들 귀에도 들어갔는지 모르겠다?

시녀들 ― 마마의 처남 입을 통해서 반지를 되찾았다는
대목까진 들었습지요.

깐쭈끼 ― 그렇다면 조금만 더 얘기하면 되겠구나. 반
지를 보고 마마께서는 샤꾼딸라 님과 전에 은밀
히 혼인 맺었음을 기억해 내시고, 미혹에 싸여 그
이를 저버렸다며 그때부터는 줄곧 회한에 차 계
신다는구나. 그래서

　　아름다운 것 뭐든 증오하며

예전처럼

대신들 시봉 날마다 받지 않고

잠자리 뒤척이다 뜬눈으로 밤새우며

왕비들께 예 갖춰 대답하나

이름 잘못 부르고

오래도록 오래도록

부끄러움에만 잠겨 계신다네.

사누마띠 ─ 듣기 좋은데?

깐쭈끼 ─ 마마께서 이렇듯 너무 침울해하셔서 놀이마
	당을 벌일 수 없는 것이다.

시녀들 ─ 그럴 만도 하옵니다.

	(막 뒤에서)

	여기, 여기옵니다 폐하!

깐쭈끼 ─ (귀를 기울이며) 음, 마마께서 이쪽으로 오고
	계시는군. 일들 보거라.

시녀들 ─ 예-이!

	(퇴장)

	(이때, 회한에 가득찬 듯한 차림새의 왕 등장, 그리고
	위두샤까와 여자 문지기)

깐쭈끼 ─ (왕을 바라보며) 오, 무슨 일이 닥쳐와도 돋보
	이게 아름다운 저 풍모라니. 저렇듯 힘겨워하시

면서도 마마는 정말 아름다우셔. 왜인고 하니

　　　왼쪽 팔목에 단 하나
　　　금팔찌 걸쳤을 뿐
　　　눈에 띄는 장식 모두 마다하고
　　　한숨에 아랫입술 붉어졌으며
　　　근심에 잠 못 이뤄 눈은 풀려 있으나
　　　깎아내도 그 빛 잃지 않는
　　　보석과도 같아
　　　비록 초췌하나 타고난 빛 있으니
　　　그 풍모 조금도 변함 없어라.

사누마띠 ― (왕을 바라보며) 거절의 수모를 당하긴 했어
　　　도 샤꾼딸라가 충분히 애타게 그리워할 만하군.
왕 ― (망상에서 서서히 돌아오며)

　　　사슴 눈의 내 님이 일찍이 일깨웠건만
　　　혼미함에 헤메다
　　　이제사 깨어난 찢기는 이 마음
　　　통한의 아픔만 겪고 있노라.

사누마띠 ― 그러게, 이것이 가련한 그 아이 운명 아니

던가!

위두샤까 — (한 쪽에 대고) 또 그놈의 샤꾼딸라 병에 사로잡히셨군! 내 참, 어떻게 해 줘야 할지 모르겠단 말이여.

깐쭈끼 — (다가서며) 폐하에게 영광! 영광!

마마, 기쁨의 뜰 바닥을 잘 살폈나이다. 마마께옵선 마땅한 자리를 골라 앉으소서.

왕 — 웨뜨라와띠, 삐슈나 대신에게 내 말을 전하라. 늦게 일어나서 오늘은 재판석에 앉기 어렵겠으니, 정무는 뭐든 대신이 알아서 처리하고, 나중에 문서로 내게 보고하라고 하라.

여자 문지기 — 분부대로 하겠나이다.

(퇴장)

왕 — 와따야나, 그대 또한 그대 일 보도록 하라.

깐쭈끼 — 분부대로 하겠사옵니다, 마마!

(퇴장)

위두샤까 — 파리 떼는 다 날려 보내셨구랴. 이제 춥지도 덥지도 않고 선선하여 상쾌한 이 기쁨의 뜰에서 기분 전환이나 하시구랴.

왕 — 벗, 바늘만한 구멍이 재난을 부른다더니 그 말이 맞네 그려! 왠고 하니

성자의 딸 사모하는 기억 가로막던
어둠에서 풀려나 내 마음 자유로우나
벗이여, 사랑신은 이제 망고 꽃 화살 겨누며
나를 삼키려 든다네.

위두샤까 — 잠깐만 기다리시우. 내 이 작대기로 사랑
　　신의 화살을 부셔 놓으리다. (작대기를 치켜들고
　　망고 꽃 봉오리를 내리치려 한다)

왕 — (웃으며) 그만 되었네. 브라만의 위력은 익히 아
　　는 바일세. 그런데 벗, 내가 어디에 앉아야 내 님
　　을 좀 닮은 덩굴나무를 즐길 수 있겠나?

위두샤까 — 내 참! 시녀 짜뚜리까에게 벌써 명하지 않
　　으셨수. 마다위 덩굴나무 아래서 여가를 보내리
　　라. 그 곳으로, 내가 몸소 그린 샤꾼딸라 님의 초
　　상화를 가져오라고 말이우.

왕 — 그런 곳이라면 마음을 쉴 만한 곳이지. 나를 거기
　　로 인도하시게.

위두샤까 — 여기, 여기요! (둘 다 돌아선다. 사누마띠 뒤
　　따른다)

위두샤까 — 여기 평평한 대리석 자리까지 마련해 놓은
　　마다위 덩굴나무 그늘이 곱게 단장해서 그런지,
　　마치 우리를 어서 오라 기다리고 있는 것 같구랴.

어디 들어가서 앉아 보시우, 마마.

(둘 다 들어가서 앉는다)

사누마띠 ─ 덩굴나무 그늘에 숨어서 내 동무 초상화나 봐야지. 그래서 그 애 남편이 갖가지 방법으로 사랑을 보여 주고 있다는 걸 말해 줘야겠어. (묘사한 대로 서 있다)

왕 ─ 벗, 이제 샤꾼딸라에 대한 예전의 모든 기억이 되살아나네 그려. 자네에게도 고백했었는데, 내가 그녀를 거절했을 때 자네는 가까이 없었지. 그런데 정말 그 이전에도 그녀에 대해 한마디 언급도 하지 않았는데, 자네도 나처럼 잊었었던가?

위두샤까 ─ 잊지 않았수다. 그런데 다 고백해 놓고서는 다시 우스갯소리로 해 본 말이지 사실이 아니라고 하지 않으셨수. 내 대가리는 진흙으로 빚은 사발 같아서 고대로만 받아들였지 뭐겠수. 아니면 운명께서 실로 막강한 위력을 떨치셨던가.

사누마띠 ─ 그렇게 된 거로군!

왕 ─ (곰곰이 생각하다가) 벗, 나좀 살려 주시게!

위두샤까 ─ 어, 이건 또 웬일이우? 벗하고는 전혀 어울리지 않는 말인데! 지혜로운 사람은 절대로 자신이 슬픔 덩어리가 되도록 놔두지 않는다던데? 태산이 태풍에도 끄덕하지 않듯이 말이우.

왕 – 벗, 이유 없이 비참한 지경에 빠져 있을 내 님을 생
  각하면 난 정말 아무것도 할 수 없다네. 내 님은 –

  여기서 버림받고
  그쪽 사람들 따라 나서려 했지.
  여기 머무시오.
  스승처럼 여기는 아버지 제자들 벽력 같은 말
  했지.
  그 말 듣고 또다시 잔인한 나에게 던진
  눈물 고여 흐릿해지던 눈길
  이런 것들이 내 마음 에이게 하네.
  마치 독 묻은 화살처럼.

사누마띠 – 흐음, 이래서 자기 일에만 매달린다는 말이
  있는 게로군. 왕의 고통을 나는 즐기고 있다니.
위두샤까 – 내 생각에 그대 님은 하늘 사람들이 데려
  간 것 같수다.
왕 – 그게 아니면 남편이 신과도 같은 여인을 누가 감
  히 건드리겠나. 메나까가 자네 벗을 낳은 이라 들
  었는데, 벗들이 그녀를 데려갔을 거라고 마음속
  으로 의심해 오던 바일세.
사누마띠 – 잊어버렸다는 것이 이상하군. 제 정신으로

돌아온 것이 이상한 게 아니야.

위두샤까 — 그렇다면 그대 님과 해후하는 건 시간 문
  제요.

왕 — 어째서?

위두샤까 — 부모란 자고로 딸이 오래도록 남편과 헤어
  져 고통에서 허덕이는 걸 볼 수 없지.

왕 — 벗이여!

  이것은 진정 악몽이었거나
  대체 혼돈이었거나
  아니면 실로 넋이 나갔거나
  그도 아니면 보상해 주고 닳아 없어진
  지나간 공덕이었을 게야.
  떠나갔지.
  다시 오지 않아.
  내 희망 이제
  강변에 산산이 부서진 거품이런가.

위두샤까 — 그런 생각 마시우. 반지 자체가 생각지 못
  한 방법으로 꼭 다시 만나리라는 것을 함축하고
  있는 거 아니겠수?

왕 — (반지를 바라보며) 쉬이 오를 수 없는 곳에서 떨어

졌으니, 이 놈도 참 한심한 놈이로군.

　오 반지여,
　행적을 보아 하니 그대 또한
　나만큼 복도 지지리 없었던 모양일세.
　빠알간 손톱 고우신 내 님 손가락
　차지하고 앉았다가 미끄러져 내렸으니.

사누마띠 – 다른 사람 손에 떨어졌더라면 그야말로 비
　참한 지경이었겠지.
위두샤까 – 그런데 이름 새겨진 이 반지가 대체 어떻
　게 그 마나님 손에 가 있게 된거유?
사누마띠 – 저이도 내가 궁금하던 것을 묻네?
왕 – 들어 보게.
　내가 궁성으로 떠나오려 할 때, 내 님이 눈물이
　가득한 눈으로 물었다네. "얼마나 오래 기다려야
　서방님 소식 주시려나요"라고 말일세.
위두샤까 – 그래서요?
왕 – 그래서 이 반지를 끼워 주며 말했지.

　날마다 날마다
　여기 새긴 내 이름

마디마디 세다가
끝까지 다 가면
오, 님이여
그대를 후궁으로 모셔갈 사람
그대 곁에 오리다.

그리고 나서는 이 모진 놈 혼돈에 휩싸여 그리하
지 못했다네.

사누마띠 ― 운명께서 다 된 밥에 재 뿌리셨군.

위두샤까 ― 그럼, 어떻게 어부가 잡은 붉은 생선 뱃속
에 들어갔더라우?

왕 ― 자네 벗이 샤찌띠르타에서 절하다가 강가 물 속
으로 손에서 빠져 버렸다네.

위두샤까 ― 그럴 듯하외다.

사누마띠 ― 음, 그래서 법에 어긋날까 두려워하던 라
자르쉬가 우리 불쌍한 샤꾼딸라와 혼인한 사실
을 의심하셨던 게군. 그런데 어떻게 그리 깊은 사
랑에도 증표가 필요했을까?

왕 ― 이제 이 놈의 반지 좀 꾸짖어 줘야겠네.

위두샤까 ― (혼잣말로) 넋 빠진 놈 하는 짓을 그대로 하
시는군!

왕 ― 네 어찌하여 포동포동 보드라운 손가락 저버리고

물 속에 빠져들었느뇨? 아니지 —
생명도 없는 놈이 진가를 알 리 없지.
그런데
나는 어쩌자고 내 님을 저버렸단 말이던고?

위두샤까 — (혼잣말로) 내가 바야흐로 배고픔에 잡아
　　먹히겠군!
왕 — 님이여! 제발 다시 나타나 멋모르고 팽개친 뒤 회한
　　에 가슴 타 들어가는 이 사람 어여삐 살펴 주시오!
　　(막을 걸어 젖히며 초상화를 들고 짜뚜리까 등장)
짜뚜리까 — 여기 마님 초상화 가져 왔사옵니다. (초상
　　화를 보여 준다)
위두샤까 — (바라보며) 굉장하구려! 구도를 잘 잡아서
　　그런지 심정이 보기 좋게 표현된 것 같수. 올록볼
　　록한 그림에 내 시야가 다 흔들리는 것 같네!
사누마띠 — 와, 이 라자르쉬 재주가 좋은데! 내 동무
　　가 눈앞에 와 있는 것 같아.
왕 —

　　제대로 안 된 것은 뭐든
　　바로잡았건만,
　　어여쁜 내 님 모습 여전히

한치도 그려 낼 수 없어라.

사누마띠 ― 회한의 정이 무르익어 거만함이라곤 볼 수
　　없는 사람이 할 만한 말이로군.
위두샤까 ― 어, 그런데 여기 세 여자가 보이는데, 모두
　　다 어여뻐서 원! 누가 샤꾼딸라 마님이우?
사누마띠 ― 저 녀석 눈에는 뭐가 덮여 저런 아름다움
　　도 구별하지 못할꼬.
왕 ― 자네는 누구라 생각하시는가?
위두샤까 ― 내 생각엔, 물을 뿌려 어린 잎이 반짝반짝
　　빛나는 망고나무 옆에, 땋은 머리 댕기 풀어 느슨
　　하게 한 데서 꽃잎이 떨어져 내리고[9], 얼굴엔 땀
　　방울이 송송 맺혀 있으며, 팔은 축 쳐져서 좀 피
　　곤한듯이 그려진 여자가 샤꾼딸라인 것 같수. 나
　　머지 둘은 동무인 듯하고.
왕 ― 잘 알아맞혔네! 여기 내 마음이 묻어난 게 있다네.

　　　땀에 절은 손가락 꼭 쥔 자국
　　　그림 끝에 거뭇거뭇 보이고
　　　여기, 뺨에 떨어진 눈물은

---

9) 인도 여인들이 머리 뒤에 꽃으로 치장한 것을 두고 한 말.

그림 색깔 튀어오르게 하였네.

짜뚜리까, 내 마음을 좀 편하게 해 주는 이 그림
이 겨우 반 끝났으니 가서 붓을 가져오도록 하라.
짜뚜리까 ― 마다뱌 님! 제가 다녀올 동안 이 화판을 좀
잡고 계세요.
왕 ― 내가 직접 잡고 있으련다. (화판을 잡는다)
　　(시녀 퇴장)
왕 ― (한숨을 쉬며)

몸소 찾아오신 님은 저버리고
이제 다시 그림 속 그 님 애절히 그리노니
길 가다 마주친 넘쳐흐른 강물 지나온 뒤
오, 벗이여
신기루에 꼬여 목마른 격 아닌가.

위두사까 ― (혼잣말로) 마마께서는 지금 강 건너 신기
루에 이르셨군!
　　(큰소리로) 여기다 더 그려 넣어야 될 게 뭐요?
사누마띠 ― 내 동무가 좋아했던 곳을 그리고 싶은 게
틀림없어.
왕 ― 들어보게.

말리니 모래 강변 한적히 쉬고 있는

두루미 한 쌍

그 양쪽으로 뻗은

성스런 가우리의 아버님 히말라야[10]

그 산자락에 앉아 있는 사슴 한 마리

큰 나무 아래

가지에 걸린 나무껍질 옷

더 그려져야 하고

수사슴 뿔에 왼쪽 눈 긁고 있는

암사슴도 그리고 싶으이.

위두샤까 ― (혼잣말로) 내가 보기로는 긴 수염 수행자
 들 떼거리로 화판을 채울 작정이신 것 같은데?

왕 ― 벗, 그리고 또 한가지, 샤꾼딸라 치장해 줄 장식
 품도 잊었네.

위두샤까 ― 뭔데요?

사누마띠 ― 그 아이의 숲 속 삶과 고운 자태, 절제된
 행동에 어울릴 만한 것이겠지.

왕 ―

---

10) 가우리(Gauri)는 빠르와띠의 다른 이름으로 히말라야의
 딸이라 함. 그래서 가우리의 아버지는 히말라야.

벗이여,
시리샤꽃 귀에 걸어
그 가는 줄기 뺨까지 내려온 게
그려지지 않았네.
가을 달빛처럼 보드라운 연꽃 수염뿌리 목걸이
젖가슴 사이에 그려 넣지 않았다네.

위두샤까 − 어어! 그런데 그대 님이 어이하여 빨간 연
　　꽃잎처럼 아름다운 손바닥으로 얼굴을 가린 채
　　놀라 서 있는 거유?
　　(자세히 들여다보다가) 흠! 요 후레자식 꽃즙 훔쳐
　　먹는 좀도둑놈 꿀벌이 연꽃 같은 마나님 얼굴을
　　맴도는구랴.
왕 − 그렇다면 이 고얀 놈을 쫓아내야지.
위두샤까 − 길 안 든 것들 다스리는 나라님만이 쫓아
　　낼 수 있는 거 아니우?
왕 − 그렇지, 네 이놈! 덩굴 꽃나무에게 사랑받는 나
　　그네야! 어찌하여 내 님을 괴롭히며 주위를 맴도
　　느뇨?

　　여기 이 암펄, 목마름에도
　　너에게만 매달려

꽃 주위에 앉아 너를 기다리누나.

너 없이는 꿀을 마시지 않겠다지 않느냐.

사누마띠 ― 그놈 아주 점잖게 내쫓기시는군.

위두샤까 ― 이런 놈들은 쫓아내도 심술을 부린단 말
이야.

왕 ― 흠, 너 내 명령에 끄덕도 하지 않겠다 이거로구
나? 그렇다면 어디 내 말좀 들어봐라.

벌아! 너 행여

손대지 않은 보드라운

어린 나뭇잎처럼 여리고

기쁨 잔치 벌이며

살며시 내가 들이마셨던

빔바 같은[11] 내 님 입술 건드렸다가는

연꽃 봉오리 속에 널 가두어 두리.

위두샤까 ― 너 이렇게 심한 벌받아도 무섭지 않냐?

(씨익 웃으며 혼잣말로) 이 양반이 참말로 돌아
버렸을까? 같이 있다가는 나도 물들기 십상이

---

11) 빔바(Bimba) : 빨간색 열매, '앵두 같은 입술' 과 비슷한 표현.

지.

(큰소리로) 어어! 이건 그림이우?

왕 — 뭐, 그림?

사누마띠 — 나도 이제사 그림인 줄 알았네! 하물며 그
려진 대로 몸소 겪고 있는 왕이사 말할 필요도 없
겠지.

왕 — 벗이여, 이 얼마나 잔인한 짓인가!

　　내 님이 눈앞에 서 있는 듯
　　마음으로 감싸안아 보는 기쁨 만끽하는데
　　자네, 나를 일깨워 그 님을 또다시
　　그림으로 만들다니.

(눈물을 떨군다)

사누마띠 — 헤어짐을 이 정도까지 아파하는 건 참 전
무후무한 일이겠군.

왕 — 벗이여, 내 어찌 이다지도 끝없는 고통에 허덕여
야 하나?

　　잠이 들 수 없으니
　　꿈에서도 내 님은 보이지 않고
　　눈물은 내 님 그림조차

볼 수 없게 한다네.

(짜뚜리까 등장)

짜뚜리까 – 폐하께 영광이! 제가 붓 상자를 들고 이쪽
으로 오고 있었사옵니다.

왕 – 그런데?

짜뚜리까 – 오는 길에, 따랄리까의 시중을 받으시던 와
수마띠 중전께서 직접 전하께 갔다 드리겠다시며,
억지로 상자를 제 손에서 뺏으셨사옵니다.

위두샤까 – 네가 풀려난 것만도 천만다행이다!

짜뚜리까 – 중전의 웃옷이 나뭇가지에 걸려 따랄리까
가 풀어 주는 사이에 도망쳤습지요.

왕 – 중전이 가까이 온 것 같네. 그리고 질투에 불타
있으니, 자넨 이 초상화 좀 잘 지키시게.

위두샤까 – 자네를 잘 지키시게라고 말씀하시는 게 낫
겠수.

(화판을 들고 일어서며) 독 오른 왕비에게서 벗어
나거든 날 메가쁘라찬다 궁으로 부르시게.

(서둘러 퇴장)

사누마띠 – 마음은 딴 곳에 가 있어도 첫사랑은 존중
해 주시는군. 이제 사랑도 식었으련만.

(손에 문서를 들고 여자 문지기 등장)

여자 문지기 – 폐하께 영광! 영광!

왕 - 웨뜨라와띠, 오는 길에 중전을 보지 못했느냐?

여자 문지기 - 보았다마다요. 제 손에 문서 뭉치를 보
　　시고서는 되돌아가셨사옵니다.

왕 - 뭘 해야 할지 알고 내 일에 방해가 되는 걸 삼가
　　는군.

여자 문지기 - 마마, 대신께서 이렇게 청하셨사옵니다.
　　조세청에 헤아려야 할 일이 많아 업무는 한 가지
　　밖에 보지 못했사오며, 그 일을 문서로 올리니 마
　　마께서 몸소 살펴 주시옵소서.

왕 - 문서를 이리 보여 달라.

　　(여자 문지기 문서를 꺼낸다)

왕 - (읽어 본 뒤) 이건 또 웬일인고? 바다 건너 무역을
　　하던 다나미뜨라라는 상인이 배가 조난 당해 죽
　　었다? 불행히도 후손이 없으니 모아 둔 재물은
　　왕에게 돌아간다고 쓰여 있군. 불쌍한지고, 무자
　　식이라니.

　　웨뜨라와띠! 그이는 재물이 많았으니 아내 또한
　　여럿 있을 터. 아내 가운데 혹시 누가 아이를 잉
　　태하고 있는지 알아보도록 하여라.

여자 문지기 - 마마! 사께따 상인의 딸인 그의 아내가
　　뿡사와나[12] 의례를 치렀다고 들었사옵니다.

왕 - 그렇다면 그 태아가 유산을 물려받아 마땅하리

라! 가서 대신들한테 그렇게 이르도록 하라!

여자 문지기 ― 분부대로 하겠사옵니다. (떠난다)

왕 ― 덧붙일 말이 있도다!

여자 문지기 ― 대기하고 있사옵니다.

왕 ― 어찌 후손이 있고 없음을 따지겠느냐!

　　　누구든
　　　사랑하는 혈육과 헤어지는 백성은
　　　죄지은 자 아니라면
　　　두샨따가 그 자리 채워 준다.
　　　포고하라.

여자 문지기 ― 그렇게 포고하겠나이다.

　　　(퇴장한 뒤 다시 들어온다)

　　　마마의 하명, 때맞춰 내린 비처럼 기쁨을 주었다

　　　하옵니다.

왕 ― (길고 뜨거운 한숨을 내쉬며) 아! 이렇게 죽음에 이

---

12) 뿡사와나(Pumsavana) : 아들을 낳기 위해 치르는 중요
　　한 힌두 의식 가운데 하나. 첫 임신 3, 4개월쯤 되어 눈에 띄
　　게 되었을 때 하는 의식. 임신부의 오른손에 보리와 콩을 얹
　　어서 커드(요구르트)나 우유크림 등과 함께 먹으며 신령스
　　런 주문을 외운다.

르러 후손이 이어지지 않으니, 일가의 재물이 쓸
모 없어져 다른 사람에게 가는구나. 내 죽은 뒤
뿌루 왕가의 재물도 이와 같으리라.
여자 문지기 ─ 불행은 지나갈 것이옵니다.
왕 ─ 아! 나를 찾아온 착한 사람 멸시하였으니.
사누마띠 ─ 내 동무를 가슴에 두고 자신을 나무라는
    게 틀림없군.
왕 ─

    좋은 열매 맺어 줄 약속된 땅에
    때맞춰 씨 뿌리듯
    그녀 안에 몸소 씨앗을 뿌리고도
    가문을 지탱해 줄 법적 아내 저버렸도다.

사누마띠 ─ 이제 그대 가문은 끊이지 않을 것이오.
짜뚜리까 ─ (여자 문지기에게) 상인 이야기가 마마의
    마음을 두 배로 아프게 하는구먼. 마마께 위안을
    드리도록 메가쁘라띠찬다 궁에서 마다뱌 님을
    모셔 오게.
여자 문지기 ─ 좋은 생각이에요.
    (퇴장)
왕 ─ 아, 두샨따의 선조께서 걱정에 싸여 계시는구나!

왜냐하면
이 녀석 이후엔
우리 가문 누가
웨다 절차 따라 제물 올리리.
걱정스레 생각하시며
내 조상님들
자식 없는 이 몸이 바친 물,
흐르는 눈물 닦고 남은 것만
마시고 계시리라.

(이렇게 말하며 혼절한다)

짜뚜리까 ─ (어쩔 줄 몰라 하며 바라본다) 정신 차리소서! 정신을 차리소서, 마마!

사누마띠 ─ 아아, 이렇게도 가여울 수가! 등불이 있음에도 장벽이 가로막아 어둠 때문에 괴로워하고 있다니. 내가 지금 당장 마음을 편히 해 줘야겠다. 아니야, 샤꾼딸라를 위로하던 위대한 인드라 신 어머니의 입을 통해 들은 바로는, 제물의 일부를 몹시 얻고 싶어하는 신들이 왕이 법적 아내를 맞아들일 수 있도록 한다고 했어. 그러니 그때까지 기다리는 게 좋을 것 같군. 어쨌든 이 소식으로 사랑하는 벗을 위로해 줘야겠어.

(이렇게 말하곤 공중으로 뛰어오르며 퇴장)

(막 뒤에서)

브라만에게 이런 짓을 하다니!

왕 — (제 정신으로 돌아와 귀를 기울인다) 응? 이건 분명
마다뱌가 놀라 내지른 소린데? 게 누구 없느냐!

(여자 문지기 등장)

여자 문지기 — (허둥대며) 마마, 구해 주소서! 마마의
벗이 곤경에 빠져 있사옵니다.

왕 — 누가 마나와까를 해친단 말인고?

여자 문지기 — 보이지 않는 존재가 그를 잡아다가 메가
쁘라띠찬다 궁 꼭대기에 매달아 두었사옵니다.

왕 — (벌떡 일어서며) 있을 수 없는 일인지고! 내 궁전
마저 영령에게 사로잡히다니! 아니면,

하루하루 무심코 저지른 내 실수
다 알 수는 없지.
백성들 누가 어느 길로 가는지
헤아릴 만한 힘이라도 있다던가.

(막 뒤에서)

오, 벗이여! 날 좀 살려 주오! 구해 주오!

왕 - (급히 돌아서며) 벗이여, 두려워 말게!

　　　(막 뒤에서)

　　　(말했던 것을 다시 반복하며) 어찌 두렵지 않겠소!
　　　누가 여기서 내 모가지를 거꾸로 잡고는 대가리
　　　는 바닥으로 처박아 놓고 사탕수수 마냥 세 조각
　　　내버리려고 하는데.

왕 - (주변을 휙 돌아보며) 내 활! 빨리!

　　　(손에 활을 들고 야와니 등장)

야와니 - 여기 활과 장갑이 있사옵니다, 마마!

　　　(왕, 활과 화살을 집어 든다)

　　　(막 뒤에서)

　　　나 여기
　　　신선한 모가지 피에 목말라
　　　호랑이가 마치 먹이 다루듯
　　　버둥거리는 너 해치우련다
　　　불쌍한 놈 무서움 없애 주려
　　　활 들고 온 두샨따가
　　　이제 네 놈 안식처 되리라.

왕 - (노여워하며) 감히 날 들먹이다니! 서라, 이 썩은
　　　고기 먹는 놈아! 이제 네 목숨 다한 줄 알라.

(활을 겨눈다) 웨뜨라와띠, 층계로 가는 길을 인
도하라!

여자 문지기 ─ 여기, 여기옵니다. 마마!

(모두 황급히 올라간다)

왕 ─ (사방을 둘러보며) 도대체 아무것도 없지 않은가?

(막 뒤에서)

살려 주오! 날 좀 구해 주오! 난 마마를 볼 수 있
는데, 내가 보이지 않소? 고양이에게 잡혀 납작
해진 새앙쥐마냥 난 이제 살아날 희망이라곤 없
다우.

왕 ─ 오, 안보이게 하는 재주에 거만 떠는 놈아! 내 이
무기가 널 보이게 하리로다. 나 여기 화살을 먹였
노라!

> 이 무기가
> 죽어 마땅할 네 놈 죽일 것이요,
> 구해야 할 브라만 구할 것이로다.
> 두루미가 마치 우유만 뽑아 내고
> 거기 섞인 물은 버리듯이.[13]

---

13) 싼쓰끄리뜨 시에서 종종 쓰이는 개념으로 두루미(또는 백
조)는 물과 섞여 있는 우유만 뽑아 마신다고 생각함.

(무기를 겨눈다)

(이때 위두샤까를 풀어 주며 마딸리[14] 등장)

마딸리 －

하리께서[15] 악마들을

그대의 과녁으로 만들어 주셨소.

이 활은 그들 향해 겨누시오.

벗들에게는,

선자(善者)의 사랑으로

포근한 눈길 보내는 것이지

죽음의 화살이 아니라오.

왕 － (황급히 화살을 거두어들이며) 어, 마딸리! 위대한

인드라의 마부, 어서 오시오.

(위두샤까 등장)

위두샤까 － 날 제사지낼 짐승쯤으로 다루어 죽이려 했

던 그 놈이 환영받는 모양인데?

마딸리 － (웃으며) 대왕! 하리께서 무엇 하러 날 그대

---

14) 마딸리(Matali) : 인드라의 마부. 인드라가 타고 다니는 코끼
리 아이라와따(Airavata)의 양 어깨 사이에 앉아 그를 몰고 다
니기도 하며, 인드라의 말을 몰고 다니기도 한다.
15) 하리 : 여기에서는 인드라를 뜻한다.

곁에 보내셨는지 들어보시오.

왕 — 듣고 있소.

마딸리 — 깔라네미의[16] 후손인 두르자야라는 악마족
　　이 있지요?

왕 — 있지요! 나라다에게[17] 들은 적이 있습니다.

마딸리 —

　　그 악마족
　　대왕의 샤따끄라뚜[18]에게는
　　정복되지 않는다 하니
　　대왕이 전장의 앞머리에 서면
　　그들을 함몰시키는 이 되리라 하오.
　　태양이 몰아내지 못한

---

16) 깔라네미(Kālanemi) : 백 개의 팔과 머리를 가졌다는 악마.

17) 나라다(Nārada) : 유명한 하늘의 성자, 조물주 브라흐마의
아들로 손에는 위나(Vina)라는 기타처럼 생긴 악기를 들고,
방랑객처럼 이 세상 저 세상 두루 돌아다니며 신을 찬양하
고, 인간 세상 소식은 신들에게, 신들의 소식은 인간에게 전
해 주는 사신 역할을 한다.

18) 샤따끄라뚜(Śatakratu) : 인드라의 다른 이름. 100번(샤따)의
아슈와메다(Aśvamedha) 의식(깃발을 꽂은 흰 말을 나라마
다 보내어 1년 동안 돌아다니게 하여, 왕들의 항복을 받고 돌
아오면 왕중왕이 된다는 의식)을 치른 사람(끄라뚜)이라는
뜻이다. 인드라는 인간이 100번의 아슈와메다를 치르는 것을

밤의 어둠을
달이[19] 쫓아버리듯.

그러니 대왕께서는 손에 무기를 든 채 그대로 인
드라의 마차에 오르시어 승리를 향한 길을 떠나
십시다.
왕 ─ 인드라 님에게 큰 축복을 받은 셈이군요. 그건 그
렇고 마다뱌에게 왜 그런 행동을 취하셨소?
마딸리 ─ 그것도 말씀드리지요. 이유는 모르지만 대왕
께서 무척 힘겨워 보이길래, 대왕의 분노를 일으
키기 위해 그리한 것이라오. 왜냐하면

불길은 장작을 넣어야 타오르고,
뱀은 공격을 당해야 대가리를 세우네.
무릇 살아 있는 것들은 자극을 받아야
제 힘을 발휘한다네.

왕 ─ (위두샤까만 들리도록) 벗, 신들의 제왕이 내린 명

방해하는 신으로 등장한다(자신의 지위를 뺏기지 않기 위
해). 또는 백 가지의 지혜와 힘을 은유적으로 묘사한 것이라
고도 함.
19) 두샨따가 속한 뿌루 왕가가 태음족임을 일컬어 쓰인 비유.

을 거슬러서는 아니 되네. 그러니 삐슈나 대신에
게 여기서의 상황을 잘 설명한 뒤 내 말을 전하게.
오로지 그대 지혜만으로 백성들을 잘 보살펴 주오
그 동안, 겨누어진 내 활은 다른 일 할 것이오.

위두샤까 ─ 알았수다.

　　(퇴장)

마딸리 ─ 마차에 오르시지요. 대왕!

　　(왕, 마차에 오르는 시늉을 한다)

　　(모두 퇴장)

제 **7** 막

(하늘로 뚫린 길을 통해 마차에 탄 왕 그리고 마딸리
등장)

왕 ― 마딸리, 나한테 맡겨진 일을 한 것뿐인데, 인드라
께서는 내게 좀 지나친 대접을 해 주신 것 같지
않소? 내 생각에는 별일도 아니었는데 말이오.

마딸리 ― (웃으며) 대왕, 내가 보기에는 두 분 다 만족
스러워하지 않는 것 같군요.

님은 마루뜨완[1] 눈에 띄는 우대에
첫 번째 자기 공 낮추어 생각하고,
그 또한 님의 괴력 놀라움에 가득 차
예우가 소홀했나 걱정한다오.

---

1) 마루뜨완(Marutvan) : 인드라의 다른 이름. 마루뜨는 바람 신
으로, 인드라가 우르뜨라하(악마의 이름)를 물리치는 데 공
헌하였다. 완은 '~을 가진, ~의 주인'이라는 의미. 웨다 이
후에는 일반적인 신을 일컬음.

왕 ― 아니오, 그런 말 마시오, 마딸리! 나를 떠나 보낼
   때 보여 준 예우는 꿈에도 생각할 수 없는 것이었
   다오. 하늘 사람들 앞에서 그는 자기 자리의 절반
   을 내게 내주며 앉으라 권하지 않았던가요? 그리
   고 내 목엔,

      만다라[2] 꽃 목걸이 걸어 주셨지.
      그의
      가슴에 비벼 하리짠다나[3] 가루 묻어났었지.
      자기에게 걸어 줄까 은근히 바라며 곁에 섰던
      자얀따[4]를 바라보며 하리는 마냥 웃기만 했었지.

마딸리 ― 왜요, 대왕께서는 신들 제왕의 대접받을 자
   격이 넘치지요. 보세요.

      하늘은
      가시 같던 악마들 두 가지 수를 써 몰아내

---

2) 만다라(Mandāra) : 하늘에만 있다는 나무 가운데 하나 깔빠
   우륵샤(Kalpavrksa), 빠리자따(Parijata), 산따나(Santana), 하리
   짠다나 (Haricandana)등과 함께.
3) 하리짠다나 : 인드라(하리)가 특히 좋아하는 향나무(짠다나)
   라 해서 붙은 이름으로 하늘에 있다 함.
4) 쟈얀따(Jayanta) : 인드라의 아들.

하리께서 열락을 누리게 하였네.
하나는 이음새 매끈히 다듬은 그대 화살이요,
또 하나는 옛적 인간사자[5] 갈퀴 같은 손톱이었
다네.

왕 ― 이번 일은 인드라께서 추앙받아 마땅하지요.

종이 비록 큰일 했다 하여도
공은 바로 주인에게 돌아감을 그대 알고 있으리.
천 줄기 빛을 가진 해신이 고삐 주지 않았다면
아루나 어찌 어둠을 몰아낼 수 있으리.

마딸리 ― 어쨌든 대왕께선 그럴 만한 가치가 있어요.
(한 발짝 움직인 뒤) 대왕! 하늘에서 대왕이 얼마
나 유명해졌는지 여기서 한번 보세요.

요정들 연지 찍고 남은 색으로

5) 인간사자 : 나르싱하(Narsinha) 또는 뿌루샤께사린(Puruśake-
sarin)이라 하며 위슈누의 네 번째 화신임. 위슈누는 인간사
자(머리는 사람이고 몸뚱이는 사자)의 모습으로 인드라의
통치권을 강탈한 악마 히란야까쉬뿌(Hiranyakaśipu)를 찢어
버리고, 그의 억압에서 삼계를 구함.

하늘 사람들

대왕 행적 기릴 노랫말 생각해 내곤

깔빠라따[6) 비단 잎에 적어 내리네.

왕 − 마딸리, 공중으로 날아오르면서도 악마를 쳐부수
   려는 일념 때문에, 어제는 하늘로 뻗은 길을 보지
   못했소. 지금 우리가 어느 바람 길로[7) 가고 있소?

마딸리 −

하늘에 있는 세 가닥 물줄기[8) 품어

---

6) 깔빠라따(Kalpalata) : 소원을 들어준다는 하늘에 있는 덩굴
   나무. 그 나무 아래 앉아 어떤 대상을 생각하면 현실로 나타
   난다 함.
7) 바람 길(와유마르가 Vāyumārga) : 땅 위, 하늘 아래 7개의 바
   람이 지나가는 길(마르가)이 있다고 함. 각 지역마다 바람
   (와유)에게 주어진 이름은 아래와 같다.
   ① 아와하(Avaha) : 대기 (구름, 공간, 번개 등이 여기 속함).
   ② 쁘라와하(Pravha) : 태양 길.
   ③ 상와하(Saṃvaha) : 달 길.
   ④ 우드와하(Udvaha) : 별 길.
   ⑤ 위와하(Vivaha) : 행성 길.
   ⑥ 쁘라띠와하(Prativaha), 또는 빠리와하(Parivaha) : 큰곰
      별자리와 하늘의 갠지스 포함.
   ⑦ 빠라와하(Parivaha) : 북극성 길.
8) 강가(갠지스) 강을 뜻하며, 강가는 세 줄기로 흐른다고 한
   다. 하늘을 흐르는 강가(만다끼니 Mandakini), 땅 위를 흐르

별들이 제 길따라 움직이도록

빛줄기 고루 펴 주며

위슈누 두 번째 걸음으로[9] 어둠 사라진

이 길은 빠리와하 바람 길이라 한다오.

왕 – 마딸리! 내 마음, 내 온 감각이 다 서늘해진 것 같
소이다.

(바퀴를 내려다보며) 우리가 구름 길에 내려온 듯
하외다.

마딸리 – 어찌 아셨소?

는 강가(바기라티 Bhagirathi), 지하세계를 흐르는 강가(보가
와띠 Bhogavati)가 그것이다. 여기서는 하늘에서 히말라야
꼭대기까지 흐르는 만다끼니를 뜻한다. 하늘에 흐르던 강가
를 바기라티라는 성자가 히말라야에서 천 년의 고행을 통해
강가 여신의 마음을 사서 쉬와의 머리로 받아 내게 하고, 다
시 고행을 통해 빠딸라(Patala)라는 지하세계로 끌고 가, 조
상 사가라(Sagara)의 육만 명의 아들을 지하세계에서 구해 낸
다. 그리하여 지상에 있는 강가는 바기라티로, 지하의 강가
는 빠딸라와 같은 말인 보가와띠로 부르게 된다. 라마야나에
강가의 신화가 자세히 소개되어 있다.
9) 위슈누가 다섯 번째 화신인 난쟁이(와마나 Vāmana)로 태어
나, 아수라 왕 마하왈리(Mahavali)를 세 걸음으로 누르며 세
상을 맑힌 신화를 일컬음. 첫 걸음은 땅, 두 번째는 하늘, 세
번째는 지하세계(빠딸라)이다. 이 후 위슈누의 세 걸음은 위
슈누 빠다(Viṣṇu Pada)라 하여 철학적 개념으로 발전한다.

왕 —

> 마차 바퀴살 사이를
> 왔다 갔다 노니는 짜따까 새[10],
> 번개 빛에 물들은 말,
> 물기 촉촉히 젖은 바퀴 테두리는
> 물 가득 머금은 구름 속 가고 있다고
> 말해 주고 있지 않소.

마딸리 — 이제 눈 깜짝할 사이 대왕이 다스리는 땅에
이를 것이오.

왕 — (아래를 내려다보며) 빠르게 내려가서인지 인간 세
상이 아주 장관이로소이다!

> 대지는
> 마치
> 산꼭대기에서 내려온 듯
> 비스듬하더니 다시 문득 솟아나고
> 잎새 속에 큰 줄기 숨긴 나무들
> 본 모습 보이지 않네.
> 물줄기 사라진 강 몸뚱이 가늘어지더니

---

10) 짜따까(Cātaka) : 땅 위에 있는 물은 마시지 않고, 구름까지
날아 올라 빗방울을 꺼내 마신다는 새.

불현듯 부풀어져 다가오니

보시라,

누군가 대지를 떠받쳐

내게로 보낸 듯 하도다.

마딸리 ― 멋진 표현이오.

　　(감탄하며 바라본다) 오, 장대하고 아름다운 땅이
　　로다!

왕 ― 마딸리, 동, 서쪽 바다에 잠겨 금빛줄기 뿜어내는
　　황혼 녘 구름 기둥같이 보이는 저기 저 드높은 건
　　무슨 산이오?

마딸리 ― 대왕, 저건 헤마꾸타[11]라는 낌뿌루샤[12] 들의
　　산이라오. 수행을 완성하는 곳이랍니다. 보세요.

　　스와얌부[13] 마리찌의 아들

　　쁘라자빠띠[14]

　　신과 악마들의 어버이인 그가

---

11) 헤마꾸타(Hemakūta) : 금빛(헤마) 봉우리(꾸타)라는 뜻.

12) 낌뿌루샤(Kimpuruṣa) : 반신반인의 종족.

13) 스와얌부(Svayambhu) : 스스로(스와얌) 태어난(부) 자라는
　　뜻으로, 여기서는 브라흐마를 일컬음.

14) 쁘라자빠띠(Prajāpati) : 원래 마하바라따(Mahābhārata)에는
　　7명의 쁘라자빠띠 조물주, 생명(쁘라자)의 주인(빠띠)이 언

아내와 더불어 여기서 수행한다오.

왕 ― 그렇다면 이런 행운을 놓쳐서는 안 되겠군요. 거
    룩하신 성자님을 오른쪽으로 몇 번 돌고 난 뒤 가
    고 싶소.
마딸리 ― 좋은 생각이오.
    (내리는 동작을 취한다)
왕 ― (놀라서)

    땅에 닿지 않아서일까.
    바퀴테는 소리 내지 않고
    먼지가 솟는 것도 볼 수 없네.
    그대, 고삐 잡아 끌지 않으니
    마차 비록 내려앉았으나
    그런 기척 느낄 수 없네.

급되어 있으나, 이후 3명이 추가되어 대개 10명이라 한다. 여
기선 마리찌(Marici)의 아들로 마리짜(Marica) 또는 까샤빠
(Kaśyapa)라 부르며, 원래의 7명에는 포함되지 않으나, 세상
창조에 큰 몫을 하여 쁘라자빠띠로 부르며 이후 가장 중요한
쁘라자빠띠로 인정되고 있다. 그는 쁘라자빠띠 가운데 한 명
인 닥샤(Dakṣa)의 27명의 딸 가운데 11명(또는 13명)의 딸들
과 결혼하여 신, 악마, 뱀들의 어버이가 됨. 그 가운데 아디
띠(Aditi)는 가장 사랑받는 아내로 첫째 부인이다. 아디띠에
게서 신들이 태어났다.

마딸리 ─ 이 정도가 인드라와 대왕이 다른 점이지요.

왕 ─ 마딸리, 어느 곳에 마리짜 님 아쉬람이 있소?

마딸리 ─ (손으로 가리키며)

거룩하신 그 성자,
몸은 반쯤 개미 둑에 묻혀
가슴은 온통 뱀 껍질로 덮여 있으며
낡은 넝쿨가지들로 목은 꽉 조여지고
어깨를 덮어 내린 헝클어진 머리엔
새들 둥지 가득하며
끄떡 없이 서 있는 나무 둥치처럼
태양만 지그시 바라보고 있다오.

왕 ─ 고행자께 문안을!

마딸리 ─ (마차의 고삐를 당기며) 여기 쁘라자빠띠의 아
쉬람, 아디띠가 기른 만다라 나무가 있는 곳에 들
어왔소이다.

왕 ─ 하늘보다 오히려 안온한 곳이구료. 마치 신선주
못에 빠진 느낌이오.

마딸리 ─ (마차를 세우며) 내리시지요, 대왕.

왕 ─ (내린다) 마딸리, 당신은 어떡하실 건가요?

마딸리 ─ 마차를 잘 세워 두고 나 또한 내려가지요.

(마차를 세워 두고 내려간다) 이쪽이요 대왕.

(돌아서서) 수행자 숲 성자들을 보시지요.

왕 － 놀라울 뿐이오.

숲 속

소원 들어주는 나무 아래서도

숨쉴 바람만 있으면 족한 이들.

금빛 연꽃 향기 섞인 물에

경건한 목욕 재계

보석 박힌 돌에 앉아 명상 즐기며

하늘 여인 벗삼아 수행하는 이들.

이들은 고행만 하네,

다른 수행자들 얻으려 애쓰는 것들 가운데서.

마딸리 － 위대한 자의 열망은 높고도 높도다! (돌아선다)

(허공에서)

오, 샤깔랴 어르신, 마리짜 님께서는 무얼 하시

우? 뭐라 하셨소? 성자들의 아내들과 함께 있는

닥샤의 딸 아디띠한테, 정조 지키는 여자의 의무

에 관해서 말씀하고 계신다구요?

왕 － (귀를 기울이며) 음, 지금 한 말은 그의 얘기가 끝

날 때까지 기다리라는 뜻이로군.

마딸리 ― (왕을 바라보며) 대왕은 아쇼까 나무 발치에 앉
아 계시지요. 그 동안 나는 인드라님의 스승께 님
이 왔음을 알릴 만한 틈을 마련해 보지요.

왕 ― 그럽시다. (앉아 있다)

마딸리 ― 난 이만 가보겠소, 대왕.

　　(퇴장)

왕 ― (행운의 징조를 느끼는 몸짓으로)

　　오, 팔이여
　　내 소원 이루어지길 바라지 않거늘
　　하릴없이 너는 왜 떨리느뇨!
　　한번 버린 복은
　　불행 되어 돌아오지 않더냐.

　　(막 뒤에서)

너무 심하게 다루지 말거라. 아이구 이런! 타고
난 대로 하는군.

왕 ― (귀를 기울이며) 무례하게 굴 만한 곳은 아닌데?
대체 누구지, 저렇듯 제지당하는 이는?
(소리 나는 쪽으로 눈을 돌리며, 놀라서) 호오! 어린
애 같지 않은 힘을 가진 저 아이는 대체 누구지?

여자 수행자 두 명이 꼭 따라붙어 있는데!

반쯤 빨던 어미 젖꼭지에서
끌고 당겨
갈기 흐트러진 사자 새끼
장난치려 강제로 끌어낸
저 아이는?
(이때 묘사된 대로 두 명의 여자 수행자 보살핌을 받
으며 아이 등장)

아　이 － 사자야, 입 좀 벌려 봐. 네 이빨 좀 세어 보자.

첫째 여자 수행자 － 이 장난꾸러기! 우리 자식 같은
　　짐승을 왜 못살게 구느냐! 아이구, 네 장난이 점
　　점 심해지는구나. 성자들이 네 이름을 사르와다
　　마나[15]라고 지은 게 꼭 들어맞는 것 같구나.

왕 － 어찌 저 아이에게 친자식의 정이 느껴지는고? 무
　　자식이라는 게 자식에 대한 정을 느끼게 하겠지.

둘째 여자 수행자 － 새끼 풀어주지 않으면 정말 암사
　　자가 널 공격할 게야.

아　이 － (웃으며) 우 굉장히 겁나는데요! (이렇게 말하
　　며 아랫입술을 비쭉한다)

---

15) 사르와다마나(Sarvadamana) : 모두를 제압하는 자라는 뜻.

왕 -

　엄청난 힘 잠재되어 있는 것 같구나, 저 아이는,
　불이 연료를 기다리며 불씨로 남아 있듯이.

첫째 여자 수행자 - 아가, 이 사자 새끼를 놓아주거
　라! 네게 다른 노리개를 주마.
아 이 - 어디 있나요? 이리 줘 보세요.
　(이렇게 말하며 손을 내민다)
왕 - 아니, 저 아이는 제왕이 될 표시까지 지니고 있지
　않은가! 저 아이에게는,

　　놀이감 바라며 펼친 손
　　손가락 물갈퀴처럼 이어져 있어
　　신 새벽
　　꽃잎 틈새 보이지 않고
　　은근히 타오르며
　　홀로 핀 연꽃 같도다.

둘째 여자 수행자 - 수우라따, 말로는 이 녀석을 막을
　수가 없어요. 내 암자에 가 보면, 마르깐데야 꼬
　마 수행자 것인데, 가지각색으로 만든 찰흙 공작
　이 있어요. 그것 좀 가져오세요.

첫째 여자 수행자 — 그러지요.

    (퇴장)

아 이 — 그 동안에는 이 놈하고 놀아야지. (여자 수행
    자를 바라보며 웃는다)

왕 — 저 개구쟁이 녀석이 정말 좋아지는군.

    꽃봉오리 작은 이빨
    살짝 드러나는 천진한 웃음으로
    또렷하지 않은 발음
    귀엽게 쫑알거리며
    사랑스레 품을 파고드는
    아이 안은 복이 넘친 자만이
    먼지 묻은 손발로 더럽혀지리라.

여자 수행자 — 그래, 요 녀석 내 말은 안중에도 없겠지!
    (옆을 돌아본다) 여기 어디 꼬마 수행자 없는가!
    (왕을 바라보며) 저, 점잖으신 분! 이리 좀 와 보세
    요. 어린애 장난으로 노리갯감이 되어버린 사자
    새끼 좀 이 녀석 꽉 쥔 손아귀에서 풀어주세요.

왕 — (다가선다, 웃으며) 여, 위대한 성자의 아드님!

그대의 태생
삼갈 줄 알아야 하거늘
뭇 생명 마음놓고 쉬어 가는 아쉬람
짓궂은 장난으로 흩트려 놓으니
검은 새끼 뱀이
향나무를 망치는 거나 다름없지 않은가.

여자 수행자 ─ 점잖으신 분, 이 아이는 성자의 아들이
  아니랍니다.
왕 ─ 저 몸뚱이나 거기 어울리게 하는 짓을 보아 하니
  그 말이 맞겠군요. 그래도 장소가 장소이니만큼
  그리 생각한 거요. (요청받은 대로 하다가 아이와
  맞닿는 걸 느끼고는 혼잣말로)

  어느 가문의 새싹일 이 아이를 만지며
  이렇듯 내 몸 황홀한 느낌에 떨리거늘.
  이 아이 품에 넣고 키웠을 복 많은 사람
  그 가슴에는 얼마나 큰 기쁨 주었으리.

여자 수행자 ─ (둘을 번갈아 바라보며) 어쩜, 이렇게 놀
  라울 수가!
왕 ─ 왜 그러시오, 부인?

여자 수행자 ─ 이 아이와 님의 모습이 너무 닮아 놀라
	울 뿐입니다. 이 녀석 또한 잘 알지 못하면서도
	님을 마다하지 않고요.
왕 ─ (아이를 쓰다듬으며) 성자의 아들이 아니라면 어느
	가문 아이요?
여자 수행자 ─ 뿌루 왕가지요.
왕 ─ (혼잣말로) 이럴 수가, 우리 가문과 같단 말인가!
	흠, 그래서 저 부인이 이 아이가 날 닮았다고 했
	군. 뿌루 왕가가 마지막으로 지켜야 하는 가문의
	서약은,

	처음엔
	세상 지키며
	쾌락으로 가득한 궁전에 머물다가
	그 후엔
	수행자 서약 엄숙히 지킬
	나무둥치
	그들의 터가 되는 것.

	(큰소리로) 그렇지만 인간의 의지로는 이 곳에 오
	를 수가 없지 않소?
여자 수행자 ─ 님이 말씀하신 대로지요. 이 아이 어머

니가 요정과 인척관계가 있어, 여기 신들 어버이
　　의 수행 숲에서 낳게 된 거지요.

왕 － (한 쪽에 대고) 오, 희망을 가질 만한 다른 이유가
　　있었군!
　　(큰 소리로) 그러면 그 부인의 남편되는 라자르쉬
　　의 성함은 무엇이오?

여자 수행자 － 누가 자기 법적인 아내를 저버린 자의
　　이름을 들먹일 생각이나 하겠어요?

왕 － (혼잣말로) 이는 분명 나를 두고 한 말일 터. 그렇
　　다면 이 아이 어미의 이름을 물으면 되리라. 아니
　　지, 남의 아내 이름을 묻는 것은 무례한 일.
　　(찰흙으로 빚은 공작새를 들고 여자 수행자 등장)

여자 수행자 － 사르와다마나, 샤꾼딸라완야[16] 좀 보거
　　라. 새가 얼마나 아름다운지!

아 이 － (눈길을 주며) 엄마 어디 계세요?

둘 다 － 어미만 좋아하는 녀석이라 소리만 비슷해도
　　귀가 솔깃해지는군!

둘째 여자 수행자 － 꼬마 녀석, 이 예쁜 찰흙 공작새를
　　보라고 한 게다.

---

16) 샤꾼딸라완야(Sakuntalāvanya) : 샤꾼따는 새, 라완야는 아
　　름다움을 뜻함.

왕 ― (혼잣말로) 이 아이의 어머니 이름이 샤꾼딸라라?
     이름이 비슷한 경우도 있지. 우연히 이름만 같아
     서 내게 신기루 같은 실망을 안겨 줄 수도 있겠지.
아 이 ― 어머니, 이 예쁜 공작새 참 좋아요.
     (장난감을 집어 든다)
첫째 여자 수행자 ― (쳐다보며, 당황하여) 이를 어째!
     애가 부적으로 차고 다니는 팔찌가 보이지 않아!
왕 ― 놀랄 것 없소. 새끼 사자들과 씨름하다가 여기 떨
     어졌소.
     (이렇게 말하며 팔찌를 집으려 한다)
둘 다 ― 만지지 마세요! 아니, 집어들었어!
     (놀라서 가슴에 손을 얹고 서로 쳐다본다)
왕 ― 왜 못 잡게 하시오?
첫째 여자 수행자 ― 들어 보세요, 점잖으신 분! 이 아
     빠라지따라는 약초는 자따까르마[17] 의식 때 마리
     짜 성자님께서 주신 거랍니다. 어머니, 아버지
     그리고 자신을 빼고는 이것이 땅에 떨어졌을 때
     집어들어서는 안 된다고 했어요.
왕 ― 만일 잡게 되면?

---

17) 자따까르마(Jātakarma) : 아이가 태어나서 치르는 첫 번째
    의식으로, 배꼽이 떨어지기 전 꿀과 정제된 버터(기이)를 축
    원을 외우며 금수저로 먹여 준다.

첫째 여자 수행자 – 그러면 이 팔찌가 뱀으로 변해 문
　　　답니다.

왕 – 그럼, 혹시 부인들께서는 이게 변한 모습을 보신
　　　적 있으시오?

둘 다 – 여러 번 있지요.

왕 – (기뻐하며, 혼잣말로) 내 소망이 이루어졌거늘 어
　　　찌 기뻐하지 않을손가?

　　　(아이를 부둥켜안는다)

둘째 여자 수행자 – 수우라따, 이리 오세요. 이 사실
　　　을 고행중인 샤꾼딸라에게 알립시다.

　　　(퇴장)

아　이 – 나 좀 놓아주세요. 엄마한테 갈 거예요.

왕 – 내 아가! 나랑 같이 네 엄마를 맞이하자꾸나.

아　이 – 내 아버지는 두샨따에요. 당신이 아니라고요!

왕 – (웃으며) 이 말다툼이 진실을 밝혀 주는군!

　　　(이때 머리를 한 가닥으로 묶은 샤꾼딸라 등장)[18]

샤꾼딸라 – 사르와다마다의 약풀이 모습을 바꿔야 할
　　　때도 제 모습 그대로 있었다는 말을 듣긴 했지만,
　　　내 소망이 이루어지는 행운은 꿈꿔 보지 못했어.

---

18) 힌두 전통에 따르면, 남편과 헤어져 사는 여자는 머리를 빗
　　거나, 곱게 땋거나, 머리 장식을 해서는 안 된다.

아니면 혹시 사누마띠가 말해준 대로, 그럴 수 있
을지도 모르지.

왕 — (샤꾼딸라를 바라보며) 오, 저 여인! 샤꾼딸라로
구나!

후줄그레한 옷 걸치고
고행에 얼굴은 형편없이 야위었으며
한 가닥으로 잡아맨 머리
순진무구한 여인
잔혹한 나와 헤어진 고행
참 오래도 지켜 왔구려.

샤꾼딸라 — (참회로 창백해진 왕을 보며) 진정 내 서방님
같지 않아. 그럼 부적이 지켜 주는 내 아들을 꼭
껴안아 몸이 얼룩진 저 분은 누구신가?

아 이 — (어머니에게 다가가며) 엄마! 저기 저 사람이
날 아들이라면서 껴안았어요.

왕 — 님이여! 내 비록 당신을 잔혹하게 대했어도, 이
제 당신이 날 알아보는 것 같으니 행복한 결말을
맞이할 것 같소.

샤꾼딸라 — (혼잣말로) 오, 심장이여! 힘을 내라, 힘을
내! 얄궂은 운명에 버림받아 내가 처량해졌단다.

오, 진정 이 분은 내 서방님이시다!

왕 — 님이여!

　　아름다운 사람,

　　천행으로 내 앞에 서 있네.

　　어둠 속 혼미함은 기억으로 내몰았도다.

　　이지러짐 다했을 때

　　로히니[19] 마치 달을 다시 만나듯.

샤꾼딸라 — 영광, 영광 있으소서! 서방님,

　　(이렇게 반쯤 말하다 눈물에 목이 잠겨 그만둔다)

왕 — 어여쁜 이!

　　나 영광 얻었소.

　　영광이란 말 비록 눈물에 막혔으나

　　치장 없이 창백한 그대 입술

　　그 얼굴 보았으니.

아 이 — 엄마, 이 분은 누구세요?

샤꾼딸라 — 아가, 네 행운에게 물어 보려무나!

---

19) 로히니(Rohiṇi) : 달이 가장 사랑하는 아내로, 27명의 닥샤
　　의 딸 가운데 네 번째.

왕 — (샤꾼딸라 발 아래 엎드리며)

　　　오, 고우신 님
　　　버림받아 언짢은 마음일랑
　　　가슴속에서 떠나게 하소서.
　　　내 마음 혼돈
　　　짙고 짙었음이오.
　　　이 같은 것들이 행운 향해
　　　짙은 어둠 하는 짓이오.
　　　장님이
　　　머리에 씌워진 화관마저
　　　뱀이라며 내동댕이치듯.

샤꾼딸라 — 일어나시어요, 서방님. 지난 생에 저질렀
　　　던 잘못이 열매가 무르익어, 때맞춰 내 복을 가로
　　　막았던 탓이지요. 비록 서방님 성품이 본디 자비
　　　로우나 그 때문에 날 무정하게 대하신 거여요.
　　　(왕, 일어선다)
샤꾼딸라 — 그런데 어떻게 서방님께서는 불행한 이 몸
　　　기억하시게 되었나요?
왕 — 통한의 화살 뽑아 낸 뒤 내 얘기하리다.

오, 고우신 님
예전에
어둠에 싸인 내게 버림받아
눈에 고인 이슬 방울 아랫입술 짓누르더니
오늘,
그 눈물 곱게 굽은 속눈썹에 맺혀 있네.
내 오늘 그 놈 먼저 닦아 내어
회한에서 벗어나려 하네.

(말했던 대로 한다)

샤꾼딸라 ─ (이름 새겨진 반지를 보고) 서방님, 이것이
그 반지랍니다.

왕 ─ 사실은 반지를 보고 기억을 되찾은 거요.

샤꾼딸라 ─ 서방님 기억을 되살리려 했을 때, 이 놈을
찾지 못해 아주 애를 먹었지요.

왕 ─ 그럼 계절과 해후한 징표로 덩굴나무가 꽃을 다
시 맺도록 합시다.

샤꾼딸라 ─ 난 자신 없어요. 서방님께서 끼셔요.

(이때 마딸리 등장)

마딸리 ─ 대왕, 법적인 아내와 다시 만난 것도, 아들
얼굴 보게 된 것도 다 좋은 일이오.

왕 ─ 내 열망이 달콤한 결실을 보았소.

마딸리, 인드라께서는 이 사실을 정말 모르실까
요?

마딸리 — (웃으며) 제왕께서 모르시는 일이 어디 있겠
소? 이리 오시지요, 대왕! 마리짜 님께서 대왕이
당신을 뵐 수 있도록 허락하셨소.

왕 — 샤꾼딸라, 아이를 안으시오. 당신을 앞세우고 거
룩하신 성자님을 뵙고 싶소.

샤꾼딸라 — 어른 앞에 서방님이랑 같이 가는 것 부끄
럽사옵니다.

왕 — 그렇더라도 행운이 있을 때는 해야 되는 법이오.
어서 오시오.

(모두 걷는다)

(이때, 아디띠의 시중을 받으며 앉은 채 마리짜 등장)

마리짜 — (왕을 바라보며) 닥샤야니![20]

당신 아들[21]

전장에서

선봉에 섰던

두샨따라 부르는 땅 위의 통치자

---

20) 닥샤야니(Dakṣāyaṇi) : 닥샤의 딸. 아디띠를 일컬음.
21) 웨다에서 아디띠는 자식, 가축, 용서 등을 빌 때 자주 불려
    지는 여신으로 종종 인드라의 어머니로 등장한다.

바로 이 사람,
모든 할 일 그의 활이 다 끝내니
날 선 인드라의 벼락도
장식에 불과했다오.

아디띠 ― 당당한 풍채를 보아하니 가히 그 위력 짐작
　　할 만하군요.
마딸리 ― 대왕, 여기 신들의 어버이가 친자식 대하듯
　　다정한 눈길로 대왕을 보고 계시오. 가까이 가 보
　　시지요.
왕 ― 마딸리!

닥샤와 마리찌에게서
싹터 나온 이 분들,
열두 줄기 빛의 근원이라
성자들이 일컬으며
제사 몫을 가장 많이 챙기는
삼계의 제왕[22] 낳으시고

---

22) 인드라.
23) 스와얌부 : 여기서의 스와얌부는 빠라뿌루샤(Parapurusa),
　　최상 최고의 존재인 위슈누를 뜻하며, 일반적인 신을 스와얌
　　부라 하기도 하지만, 스스로 태어난 자라는 이 말은 특별한
　　부모를 갖지 않는다는 뜻이다. 위슈누는 수많은 화신(인간,

비할 바 없는 존재, 스와얌부[23]가
태어남의 터 삼으셨으며
조물주와 오직 한 세대 떨어진
그 내외간이신가요?

마딸리 ― 그렇다마다요!
왕 ― (다가서며) 두샨따, 인드라의 하명받은 바 있는
  그가 두 분께 큰절 올리나이다.
마리짜 ― 아가, 천세를 누리며 땅을 지키거라!
아디띠 ― 아가, 너와 대적할 전사가 없을지라!
샤꾼딸라 ― 아들과 함께 두 분 발 아래 엎드려 절하옵
  니다.
마리짜 ― 아가,

  네 서방 인드라와 같고
  아들은 자얀따와 다름없구나.
  이러하니, 네게 따로 축복 내릴 일 없다.

─────────────

사자, 멧돼지, 성자, 난쟁이, 끄르슈나 등)의 모습으로 태어
났으나, 그 태어남은 부모를 통해서이긴 해도 자기 의지로
태어났기 때문에 스와얌부의 성격은 바뀌지 않는다.
24) 빠울로미(Paulomi) : 인드라의 아내(보통 사찌라 부름) 빠
  울로미는 인드라가 죽인 악마의 딸(혹은 성자의 딸이라고도
  함). 정숙한 아내의 표상이다.

빠울로미[24]와 같아지거라.

아디띠 — 애야, 서방에게 존중받는 아내 되거라! 천세
누릴 네 아들, 양가의 기쁨 될지어다! 앉거라!
(모두들 쁘라자빠띠 주위에 둘러앉는다)
마리짜 — (하나하나 가리키며)

정숙한 샤꾼딸라
똑똑한 아들
그리고 그대.
신뢰와 행운 그리고 실천
다행히 셋 모두 모였구나.

왕 — 거룩하신 성자시여! 먼저 내 열망이 이루어지더
니, 이제 님의 모습 뵈었나이다. 실로 생각지 못
했던 행운이옵니다. 왜냐하면

먼저 꽃이 피고
다음에 열매 맺으며
구름이 오른 다음
비가 쏟아지는 것.
이것이 인과의 법칙이온데,

님의 축복에 앞서
행운이 왔사옵니다.

마딸리 ― 조물주들은[25] 이런 식으로 축복을 내리신답
니다.

왕 ― 성자시여! 님의 종이 이 여인과 간다르와식으로
혼인을 해 놓고 얼마 뒤 기억을 잃은 터라, 친지
들이 데려온 걸 보고서도 이 여인을 버림으로써,
성자님과 한 가문인 깐와 님께 죄를 졌사옵니다.
그 뒤에 반지를 보고서야 그이의 딸과 혼인했던
사실을 깨달았지요. 이 모든 것이 기이하기 짝이
없습니다.

코끼리가 아니야.
그 놈이 바로 눈앞에서 걸을 때는
이런 의심 한다지요.
발자국을 보고서야
사실을 안다지요.
꼭 이런 모양
내 마음 혼미함에 빠졌었지요.

---

25) 세상이 굴러가도록 하는 이들. 법을 만드는 이들.

마리짜 ― 아가, 자신을 너무 나무라지 말거라. 네게 일
	어난 그 미혹, 너로서는 어쩔 수 없었느니라. 들
	어 보거라!

왕 ― 잘 듣고 있사옵니다.

마리짜 ― 메나까가 압사라싸띠르타 가트에서, 고생할
	것이 뻔히 눈에 보이는 샤꾼딸라를 데리고 닥샤
	니에게 왔던 바로 그때부터, 두르와사스의 저주
	를 받아 너와 함께 진리의 길을 가야 할 가련한
	네 아내가 버림받을 것을, 선정에 든 뒤 내 알고
	있었느니라. 다른 이유는 없다. 그 저주가 반지
	를 보고서야 끝이 난 게다.

왕 ― (한숨을 푹 내쉬며) 오! 이제사 마음이 좀 놓이는
	구나.

샤꾼딸라 ― (혼잣말로) 서방님이 이유 없이 날 버리지
	않았다니 다행이야. 그런데 나도 내가 저주를 받
	고 있었던 사실을 몰랐는 걸! 아니면 헤어짐에
	마음이 허공에 있어 저주받은 것조차 몰랐을까?
	그래서 서방님 만나거든 반지를 보여 주라고 동
	무들이 귀띔 했을까?

마리짜 ― 아가, 바라던 것을 얻었으니 이제 진리로 가
	는 길 함께 할 네 서방을 탓하는 마음일랑 가져서

는 아니 되느니라. 왠고 하니,

너,
저주로 버림받고
네 서방 기억이 가려져
네게
몹쓸 짓 했으나
어둠은 이제 사라지고
너만이 그를 차지하고 있도다.
먼지에 투명함 가린 거울에는
영상 그대로 드러나지 않으나
닦아내면 쉬이 볼 수 있듯이.

왕 ― 거룩하신 성자님 말씀대로군요.

마리짜 ― 아가, 샤꾼딸라가 낳은 네 아들, 우리가 웨다
절차대로 자따까르마 의례를 치렀으니, 기쁘게
받아들였으면 좋겠구나.

왕 ― 거룩하신 성자님, 우리 왕가의 존속이 이 녀석에
게 달려 있사옵니다.

(이렇게 말하고 아이의 손을 잡는다)

마리짜 ― 네 말대로다. 그리고 이 녀석 천하를 다스리

는 군주가 되리라. 보아라!

걸림 없이 내달리는
탄탄한 마차로 바다를 건너
일곱 섬[26]의 이 땅,
대적할 장수 없이 정복하리라!
모든 생물 마음껏 제압하니
그의 이름 사르와다마나요.
또한 모든 세상 보살펴 주리니
바라따라[27] 불릴 것이로다.

왕 ─ 거룩하신 성자님께서 이 녀석에 관한 모든 의례
　　절차를 다 치뤄 주셨으면 하옵니다.

아디띠 ─ 성자님, 깐와 님께도 딸의 소망이 이루어졌

---

26) 힌두의 신화에 따르면, 지구는 7개(또는 4개, 9개, 18개라
　　고도 함)의 섬으로 이루어져 있으며, 그 섬은 7개의 바다로
　　둘러싸여 있다고 한다. 그 가운데 사람이 살고 있는 곳을 잠
　　부드위빠(Jambudvipa)라 하며, 그 섬의 가운데 메루(Meru)
　　라는 신령스런 산에 신들이 거주한다고 한다.
27) 바라따(Bhārata) : 잘 보살펴 주는 사람이라는 뜻으로, 지금
　　의 인도 또는 힌두교도들을 바라따(Bharata)라 부른다. 그는
　　마하바라따에 등장하는 빤다와(Pāṇḍava)와 까우라와
　　(Kaurava)의 먼 조상이기도 하다.

다고 소식을 전해 드려야겠군요.

딸을 몹시 사랑하는 메나까도 여기서 우리를 시중들며 지냈답니다.

샤꾼딸라 − (혼잣말로) 바로 내가 바라던 걸 말씀해 주시네!

마리짜 − 그분께서는 고행의 위력으로 모든 걸 이미 보고 계실 거요.

왕 − 그래서 성자께서는 내게 그리 화를 내지 않으셨군요!

마리짜 − 그렇더라도 이 기쁜 소식을 전해 들으셔야겠지.

음, 거기 누구 없느냐?

(등장)

제 자 − 여기 있사옵니다, 거룩하신 성자님.

마리짜 − 갈라와, 지금 당장 하늘 길로 가서 깐와 님께 내 말 전하라. 저주가 끝나자 샤꾼딸라가 아들과 더불어 기억 되찾은 두샨따에게 받아들여졌다고.

제 자 − 성자님 분부대로 하겠사옵니다.

(퇴장)

마리짜 − 아가, 너도 처자식과 함께 네 벗 인드라의 마차에 올라 네 궁성으로 떠나거라.

왕 − 거룩하신 성자님 분부대로 합지요.

마리짜 ― 또한,

> 비다우자,[28]
> 네 백성에게
> 비 많이 내려주리라.
> 너 또한,
> 많고 많은 제사지내어
> 와즈라나[29] 기쁘게 하라.
> 이렇듯 서로 주고받는 갸륵한 일로
> 하늘과 땅 이롭게 하며
> 수백 세를 돌고 돌지어다!

왕 ― 제 힘이 닿는 데까지 그런 좋은 일에 애쓰지요.

마리짜 ― 아가, 내가 또 무슨 축복을 내려줄까?

왕 ― 더 이상 바랄 게 어디 있겠사옵니까. 그래도 여전

---

28) 비다우자(Biḍauja) : 적을 쳐부수는 자라는 뜻으로, 인드라
를 지칭.

29) 와즈라나(Vajraṇa) : 와즈라(천둥 번개)를 갖고 있는 자라는
뜻으로 인드라를 지칭.

30) 바라따와끼얌(Bharatavākyam)이라 하여 극의 마지막에 읊
는 시. 배우 측에서 주는 축원 같은 것이며, 축복을 내릴 만한
인물의 입을 통해 읊조린다. 바라따라는 인도연극학(나타샤
쓰뜨라 Naṭyaśastra)을 쓴 사람에게 존경을 나타내는 말(와
꺄)이라는 설도 있다.

히 축복 내리시고자 한다면 이렇게 되게 하소서!
(마지막 서원의 변)[30]

　　왕은,

　　백성을 이롭게 하는 데 힘을 다하고

　　지혜 높은 분들의 말씀 존중하면서

　　그 힘 사방에 뻗게 하소서.

　　자재하신 쉬와,

　　내게도 다음 생은 없게 하소서!

(모두 퇴장)

　　(이렇게 7막이 끝나다)

싼쓰끄리뜨 문학

　　싼쓰끄리뜨 문학은 크게 웨딕(Vedic) 문학, 서사 문학 그리고 고전 문학 시대로 나눌 수 있다.

　　웨딕 문학 시대에 대해서는 학자에 따라 의견을 달리하여, 기원전 3000년 이전, 혹은 기원전 2000년 무렵부터라는 주장이 있으나, 어림잡아 기원전 1500년 이전부터 기원전 200년 정도까지라고 할 수 있다. 이 시기의 문학은 대부분 종교적인 내용으로 이루어져 있다.

　　웨딕 시대의 문학은 다시 크게 셋으로 나눌 수 있다.

(1) 상히따(Saṃhitā, 모음)

신에 대한 찬가와 기도·주문·축원 따위의 모음이며, 우리가 흔히 말하는 웨다(Veda)가 여기에 속한다.

　　ㄱ)《르그웨다 상히따(Ṛgveda Saṃhitā)》─가장 오래된 웨다로 신에 대한 찬가 모음.

　　ㄴ)《아타르와웨다 상히따(Atharvaveda Saṃhitā)》─ 신

령스런 주문을 모아 놓은 것으로 악령을 쫓거나 적에게 저주 내리는 주문, 심지어 시앗을 몰아내는 주문 등 다양한 주문으로 이루어져 있다.

ㄷ) 《사마웨다 상히따(Sālmaveda Saṃhitā)》 - 외형률의 시만 뽑아 놓은 모음.

ㄹ) 《야주르웨다 상히따(Yajurveda Saṃhitā)》 - 제사 의식에 쓰이는 주문 모음.

(2) 《브라흐마나(Brāhmaṇa)》

네 개의 웨다 상히따를 설명해 놓은 방대한 산문집. 제사의 중요성과 신화적 유래 등을 자세히 소개하고 있으며, 각각의 웨다에 각각의 브라흐마나가 있다.

(3) 《아란야까(Aranyaka, 숲 속의 암송집)》와 《우빠니샤드(Upanisad, 비밀스런 가르침)》

일부는 《브라흐마나》에 속하고, 일부는 독립적으로 쓰인 책이다. 《아란야까》는 숲 속의 명상이나 수행자들에 관한 이야기이며, 《우빠니샤드》는 웨단따(Vedanta) 철학의 바탕이 되는 철학적 내용을 담고 있다.

이들 웨딕 시대의 문학은 일정한 형식을 가지고 쓰거나 읽은 것이 하닌 신에게서 직접 들은 것이라 하여 '슈르띠(Śruti, 듣는)'라고 부른다. 네 가지 웨다뿐만 아니라 《우빠니샤드》까지도 성스러운 목소리로 신들이 전해 준 것을, 옛 성자들이 전해 온 것이라 믿고 있다.

그리고 또 한 가지 형태를 덧붙이자면 웨딕 시대에는 포함되지 않으나 웨딕 문학과 아주 가까운《깔빠 수뜨라》(Kalpa Sūtra ; 보통 수뜨라라고 부름)를 들 수가 있다. 이것은 의례집으로 짧고 간결한 산문 형식으로 쓰여 있다.

제화를 피워 두고 여러 날 동안 계속되는 제 지내는 법을 소상히 적어 놓은《슈라우따 수뜨라(Srauta Sūtra)》, 결혼식이나 장례식 등의 일반적 의례 또는 가정 생활을 하면서 지켜야 할 가정 의례 등을 적어 놓은《그르햐 수뜨라(Gṛhya Sūtra)》, 그리고 정신적인 것 또는 세상 사는 이치를 다룬 법전인《다르마 수뜨라(Dharma Sūtra)》가 있다.

이들은《브라흐마나》,《아란야까》,《우빠니샤드》 문학과 마찬가지로 네 개의 웨다마다 각각의 수뜨라가 있다. 그러나 슈르띠 문학에는 속하지 않고 인간이 창조해 낸 것이라 믿으며 웨당가(Vedāṅga, 웨다의 일부분 혹은 웨다의 가지) 문학이라 하여 웨다의 보조 문학이라 부른다. 이 웨당가에는 또 웨다의 권위를 지지하고 설명하기 위한 여섯 웨당가가 잘 알려져 있다. 음성학을 다룬《식샤(Sikṣa)》, 운율학을 다룬《찬다스(Chandas)》, 문법학의《위야까라나(Vyakaraṇa)》, 어원학의《니룩따(Nirukta)》, 종교적 수행에 관한《깔빠(Kalpa)》, 천문학을 다룬 《조띠샤(Jyotisa)》가 그것이다.

서사 문학으로는 인도의 모든 신화·문학·사상·관습을 담고 있다고 할 수 있는 〈마하바라따(Mahābhārata)〉와 〈라마야나(Rāmāyaṇa)〉를 들 수 있다. 이 두 서사시는 모든 인도 문학의 뿌리를 이루며 고전 싼쓰끄리뜨 문학의 바탕이 된다. 이 두 서사시를 알지 못하면 인도 문학을 안다고 할 수 없을 정도로 차지하는 비중이 크다.

〈마하바라따〉는 약 10만 개의 시, 18장으로 이루어진 방대한 서사시로 빤다와(Pāṇḍava)와 빠우라와(Paurava)라는 사촌 간의 전쟁을 다룬 것이다. 여러 세대를 걸쳐 구전되어 오던 것을 웨다와 뿌라나의 편집자로 알려진 위야사(Vyāsa)라는 성자가 정리한 것으로 알려진다. (〈마하바라따〉에서는 주인공들의 할아버지 격으로 등장하기도 한다) 〈마하바라따〉에는 또 힌두들이 성전처럼 여기는 《바가와드 기따(Bhagavavad Gītā)》가 포함되어 있다.

〈라마야나〉는 최초의 시다운 시 즉, 어느 정도의 수사법이 사용된 시라고 볼 수 있다. 이것은 〈마하바라따〉보다는 내용이 간결하고 서정적이며, 분량 또한 적은 약 2만 4천 개의 시로 이루어져 있다. 주인공 라마가 머리가 열 개인 악마 라와나에게 잡혀간 아내, 시따를 찾아 랑까(Lanka, 지금의 스리랑카)로 떠나는 모험담으로, 성자 왈미끼(Vālmīki)가 저자로 알려져 있다.

그리고 딱히 갈래를 짓기 어려운 '뿌라나(Purāṇa)'라는 문학 형태가 있는데 옛이야기라는 뜻이다. 원래 종교문학에 속한다고 할 수 있으나 서사시적인 요소가 강하다. 〈마하바라따〉나 〈라마야나〉도 크게는 이 뿌라나 문학에 속한다고 할 수 있다. 웨딕 시대의 문학에 그 뿌리를 두고 있으며 모두 18개의 뿌라나가 있다.

싼쓰끄리뜨 고전 문학은 보통 시, 희곡과 산문, 그리고 설화 문학으로 나눈다.

시는 앞서 언급한 대로 〈라마야나〉가 최초의 시다운 수사를 한 시(Ornate poetry) 또는 맨 처음 시(아디까워야, Ādikāvya)라고 할 수 있다. 그 이후 굽따 왕조(Gupta, 350~550)에 이르러 전성기를 맞는다. 이 시기의 왕들은 대개 문학을 사랑하여, 작가들이 왕궁에서 최고의 대접을 받으며 왕의 일대기를 적거나 창작 활동을 활발히 했던 것으로 보인다. 또 왕들 스스로 시를 짓기도 하였다.

바로 이 시기에 깔리다사(Kālidāsa)가 서사시 〈라구왕샤(Raghuvaṁśa)〉와 〈꾸마라삼바와(Kumarasambhava)〉, 서정시 〈메가두따(Meghadūta)〉와 〈르뚜상하라(Ṛtusaṃhāra)〉 등을 지으며 활동했을 것이라고 추측하고 있다.

깔리다사 이후 6세기에서 8세기 무렵에는, 〈마하바라따〉에서 줄거리를 따온 〈끼라따르주니야(Kirātārjunīya)〉를 쓴 바라위(Bharavi), 인도인이 즐겨 암송하는 수바시따(Subhaṣitā, 좋은 말 혹은 격언)가 많이 담겨져 있는 세 개의 샤따까(Śataka, 100가지 이야기)를 지은 바르뜨르하리(Bhartṛhari) 등의 작가들이 활동한다. 9세기에서 10세기 무렵에 이르러서는 라자쉐카라(Rajakṣekara)가 가장 활발히 창작 활동을 했던 것으로 보인다.

그리고 연대를 알 수 없는 〈아마루샤따까(Amaruśataka)〉의 저자 아마루(Amaru)는 깔리다사에 버금가는 서정시인으로 치기도 한다. 이 밖의 서정시로서는 끄르슈나(kṛṣṇa)와 그의 연인 라다(Rādhā)의 사랑 이야기를 종교적 색조로 읊은 〈자야데와(Jayadeva)〉의 〈기따고윈다(Gītagovinda)〉등이 유명하다.

희곡으로는 최초의 시인이라 할 수 있는 바사(Bhāsa)의 〈스와쁘나와사와다따(Svapnavāsavadatta ; 꿈속에서 남편을 만나는 와사와다따)〉와 브라만과 창녀의 사랑을 읊은 유일한 사회소설인 〈다리드라짜루다따(Daridracarudatta)〉가 파편으로 남아 있으며, 슈드라까(Śudraka)가 이를 확장해서 쓴 것으로 추정되는 같은 내용의 〈므르차 까티까(Mṛcchakatika)〉, 깔리다사의 〈샤꾼딸라〉, 〈말라위까아그니미뜨라(Mālavikāgnimitra)〉, 〈위끄라모

르와쉬야(Vikramorvasiya)〉,〈위샤카다따(Visakhadatta)〉
가 마우리아 왕조, 짠드라굽따의 대신이었던 짜나꺄
(Canakya)라는 유명한 대신의 이야기를 다룬 정치소설
《무드라락샤사(Mudraraksasa)》, 바와부띠(Bhavabhuti)가
〈라마야나〉 뒷부분에서 발췌한 〈우따라라마짜리따
(Uttararamacarita)〉, 역시 라마야나의 처음 6장에서 발췌
한 〈마하위라짜리따(Mahaviracarita, 위대한 영웅의 일대
기)〉 등을 들 수 있다.

산문으로는 바나바타(Banbatta)의 복잡한 수사로 유
명한 《까담바리(Kadambari)》와 하르샤 왕의 일대기
《하르샤 짜리따(Harsacarita)》, 단딘(Dandin)의 왕자 열
명의 모험담인 《다샤꾸마라짜리따(Dasakumaracarita)》
등을 꼽을 수 있다.

설화 문학은 대개 세상 살아가는 지혜와 정치적 문제를
다루고 있다. 위슈누샤르마(Visnusarma)가 쓴 것으로 알
려진 '다섯 책 묶음' 이란 뜻의 《빤짜딴뜨라(Pañcatantra)》
는 어리석은 세 왕자에게 지혜와 모략, 책략, 정치적 문제
등을 우화나 풍자적인 이야기를 통해 가르치고 있다. 이 책
에서 교훈적인 내용만을 따로 추려 놓은 유익한 교훈이란
뜻의 〈히또빠데샤(Hitopadesa)〉, 구나드야(Gunadya)가 빠
이샤찌(Paisaci, 쁘라끄르뜨의 일종)지방 언어로 썼던

〈브르하뜨까타(Bṛhatkathā)〉를 싼쓰끄리뜨로 옮겨 적은 소마데와(Somadeva)의 〈까타사리뜨사가라(Kathāsaritsā-gara)〉 등을 꼽을 수 있다.

이 밖에도 싼쓰끄리뜨로 쓰여진 대표적인 책들로서는 빠니니(Panini)의 문법책 《아쉬타다이(Aṣṭādhyāyi, 보통 빠니니 수뜨라라고 부름)》, 까우띨랴(Kautilya)의 정치학 《아르타샤스뜨라(Arthaśastra)》, 철학서로서는 빠딴잘리(Patañjali)의 요가 이론서 《요가 수뜨라(Yoga Sūtra)》, 바다라야나(Bādarāyana)의 웨단따 철학서 《웨단따 수뜨라(Vedanta Sūtra)》, 샹캬(Sāṃkhya) 철학의 창시자 까삘라(Kapila)가 지었다는 《샹카 수뜨라(sāmkha Sūtra)》, 가우따마(Gautama)의 《냐야 수뜨라(Nyāya Sūtra)》, 자이미니(Jaimini)의 《미망사 수뜨라(Mīmāmsā Sūtra)》 등이 있다.

발음규칙

샤꾼딸라와 발음 규칙!

영 어울리지 않는 발상이다. 그러나 싼쓰끄리뜨 문학, 혹은 싼쓰끄리뜨로 쓰여진 책을 소개한다는 입장에서, 충분히 우리 글로 표기할 수 있는 것들까지 굳이 영어식 표기나 발음을 따를 이유는 없다고 생각한다. 더욱이 영어권에서 사용하는 그들 편한 식의 발음 규칙을 그대로 따르다보면 본래의 발음과는 다른 알아듣지 못하는 엉뚱한 소리가 되어버린다. 비록 싼쓰끄리뜨가 지금 쓰이지 않는 옛 글이지만, 인도의 모든 것에 깊이 스며있고 지금 널리 쓰이는 거의 모든 말들의 반 넘는 단어가 바로 이 싼쓰끄리뜨에서 비롯된 것이라면, 당연히 본래의 발음을 살리려고 애써야 할 것이다.

그러나 문법책이 아닌 샤꾼딸라와는 어울리지 않는 일이라, 이 책에 적용한 규칙 몇 가지만 짤막하게 밝힌다.

먼저 모음 규칙으로는,

아(a)와 장음 아(ā)가 우리말에는 달리 구별되지 않아서 같이 쓰기로 하였다. 그러나 단음 아는 우리말 '아'와 '어'의 중간 발음이며 장음 아가 우리말 '아'에 가깝다. 그 밖에 이(i, ī), 우(u, ū) 등도 단음, 장음 구별 없이 썼다.

그 다음 르(r)는, 싼쓰끄리뜨에서는 모음이며 영어식으로 리(ri)라고 발음하나 옳지 않다. 예를 들어 르쉬(Rṣi)를 리시(Risi), 르그웨다(Rgveda)를 리그베다(Rigveda), 싼쓰끄리뜨(Sanskrt)를 산스크리트(Sanskrit)로 발음하는 식이다.

다음 자음 규칙으로는,

좀 복잡한 발음이 s와 n인데, 싼쓰끄리뜨에는 s가 세 개 있는 반면 영어에서는 적당한 발음이 없어 위아래 점을 찍는 (ś, ṣ, s)식으로 표기한다.

ś(입천장소리)와 ṣ(혓소리)는 싼쓰끄리뜨에서는 다른 발음이나 우리말로는 같이 표기 할 수밖에 없다.

ś, ṣ + a, ā = 샤. 예) 샤르앙가라와(Śarangarava), 우빠니샤드(Upaniṣad).

ś, ṣ + i, ī = 쉬. 예) 쉬와(Śiva).

ś, ṣ+ u, ū = 슈. 예) 슈끄라짜리야(Śūkracariya).

ś, ṣ + o = 쇼. 예) 쇼바띠(Śobhati).

ś, ṣ + e = 세. 예) 라자셰카라(Rajasekhara). 혹은 라

자 쉐카라

〔s(잇소리)는 ㅅ 혹은 ㅆ으로 표기한다. 예) Sanskrt
(싼쓰끄리뜨)〕

콧소리 n 발음에는 n, ñ, n, n이 있는데,

ṅ(목구멍소리)은 우리말 o 발음이다. 예) 샤르앙가
라와(Sarangarava).

ñ(입천장소리)은 우리말 냐에 해당한다. 예) 아비즈
냐나(Abhijñana).

ṇ(혓소리)와 n(잇소리)는 우리말로는 'ㄴ'으로 같이
표기했다.예) Purāna(뿌라나), namo(나모)

〔(그 다음 Va 발음은 바로 표기되고 있으나 와가 바
르다. 예) 쉬와(Śiva), 웨다(Veda)〕.

또한 kh, ch, th, dh, bh 등의 뒤에 붙은 h는 발음하지
않는다. 예를 들어, Bhava가 브하바로 표기된 걸 본 일
이 있는데 이런 식의 발음은 아무도 알아듣지 못한다.
바와가 바르다. Dhāna도 마찬가지로 드하나가 아니라
다나이다.

조금 더 복잡한 규칙으로 아누스와라(Anusvara)라는
콧소리가 있는데, 이는 뒤에 오는 글자에 따라 달리 발
음되며 영문 표기로는 ṃ 이다.

ṃ 뒤에 c, ch, j, jh가 따라오면 n, 예) 산자야
(Samjaya).

m 뒤에 s, s, s, h, k, g, kh, gh가 따라오면 n, 예) 상
히따(Samhita), 샹까라(Samkara).

m 뒤에 t, th, d, dh가 따라오면 n으로 발음한다. 낀뚜
(kimtu).

9 뒤에 나머지 글자가 따라오면 m, 예) 샴부
(Sambhu).

그리고 k, c, P, t 등은 된소리 끄, 쯔, 쁘, 뜨 등으로
발음된다.